メディアワークス文庫

誰も幸せにできない僕らは夢を見る

葦舟ナツ

目　次

ナイフで串刺しにされた心臓が一つ、ごろりと無造作に転がっている。

何をするでもなく、僕はただ突っ立ってそれを眺めていた。

そうしていると頭の芯がぼうっとしてきて、白い霧が辺りにどんどん立ち込めていった。やがてその霧は傷ついた心臓をも覆い隠し、そして、全てが真っ白になった。

――もしも瞼の内側が白かったならば、目を閉じた時に見えるのはこんな景色なのかもしれない。

暑くもなく寒くもない、平和で深閑とした、どこまでも広がる白い空間……。

ふいに、僕は強い眠気に襲われた。

そして、その場に倒れ込むようにして、深くて長い眠りに就いた。


それから十年後。

第一章

1

ブー、ブー、というスマホの振動音に、僕ははっとして目を開けた。

目に飛び込んできたのは、見慣れないリビングと、大学生の時から使い続けているローテーブル、荷解(にほど)きの済んでいない段ボール箱の数々。それらが、閉ざされた窓から差し込む血のように赤い光に染まっている。

一瞬、自分が何故(なぜ)ここにいるのかわからなかったが、すぐに思い出した。ここは就職を機に越してきたアパートの一室だ。市役所での研修を終えて帰ってきた後、ソファで小休憩していたつもりが、微睡(まどろ)んでいたらしい。

……頭がぼうっとする。

僕は背凭(せもた)れから背を離して目を擦(こす)った。

欠伸(あくび)をし、テーブルの上のスマホを手に取る。時刻は午後五時四十四分。眠っていたのはほんの短い時間のようだった。メッセージが一件届いている。僕を微睡みから呼び覚ましたのは、父だった。

【優太へ
研修お疲れ様。明日から配属先での勤務が始まるそうだな。一社会人として身体に気を付けて頑張りなさい。　父より】

そのメッセージを見て、眠気が俄かに吹き飛んだ。

父は元来口数の多い方ではないし、スマホでは必要最低限の事務連絡的な遣り取りしかしたことがない。こんな風に激励のメッセージをもらったのは初めてだった――そしてそれが、市役所入庁日ではなく、わざわざ研修最終日のこのタイミングを選んで送られてきたこと。僕はすぐにその意味と父の想いを察した。

できるだけ早く返信しようと文章を紡ぎ始めてすぐに手が止まった。打った文字を全部消して書き出しを変え、途中でまた手が止まる。何をどう書けばいいかわからない。結局、【頑張ります。父さんも身体に気を付けて】とだけ返信してスマホを伏せた。

それから、明日の準備のためにソファから立ち上がった。

――さて、どうしたものか。

市役所入庁から一週間。新人研修を終え、明日からいよいよ本格的な勤務が始まる。筆記用具に名刺入れ、メモ帳、ハンカチ等、基本的な物の準備は済んでいる。

問題は、寝間着である。

僕は床の上に二組の黒のトレーナーの上下を広げて並べ、立ち上がり、腕を組んだ。

「んー……」

何度見てもぼろい。

当たり前と言えば当たり前だ。はっきりとは覚えていないが、このトレーナーを購入したのは高校生の頃で、以来、この二組を寝間着として着回してきたのだから。

少しはマシになるのではないかと思い立ち、アイロンを当ててみる。

まるで煮詰めた白菜の皺を伸ばそうとしているかのように、生地はくたくたのままだ。普段自分の部屋で使うのであればちっとも気にならない。むしろ真新しいものよりも使い込まれた生地の柔らかな肌触りが心安くて好ましい。

好ましいのだが。

仕事で、それも公務に当たる服装としては、あまり相応しくないような気がする。

『来週までに寝間着を用意してきて』

教育係の先輩からその指示を受けたのは今日の夕方。市役所本庁舎一階の隅の隅、配属先である〝健康福祉課夢調査係〟の事務室で明日からの勤務に備えて事前説明を受けている時のことだった。

　僕はメモを取る手を止め、聞き返した。

『加瀬さん、ねまきって、あの、寝間着ですか？』

『そうだ』

　加瀬さんが真顔で頷く。

　恐らく二十代後半。夢調査係になる前は収税業務を担当していたという加瀬さんは眼光が鋭く挙措に無駄がない。細身だが体幹がしっかりしているようで、ピシッとしたスーツ姿は僕に精悍な警察官を連想させた。

『寝ている間に着る服。寝間着。名前の通りウチは人の夢の中に入って調査をするのが仕事だから。寝間着が作業着になる』

　僕は手帳の【用意するもの】リストの一番下に、【寝間着】と書き足した。僕の隣で話を聞いていた同期の秋名が、たっぷりのマスカラで重たそうな睫毛を瞬かせ、はーい、と手を挙げた。

『加瀬さん、スウェットでもいいですか？』

『ああ。スウェットでもパジャマでも何でもいいぞ。調査の時は俺たちも眠るから、スムーズに調査ができるよう、自分が一番リラックスできるものを選んでくれ。わざわざ新しく用意をしなくても、着慣れたもので構わない』

僕はくたくたのトレーナーをもう一度見つめた。着慣れたもので構わない、とは言われたものの、さすがにこれはまずいかもしれない。

何でもいい……リラックスできるもの……。

加瀬さんの言葉を反芻しつつ、程よい服はないかと、【服】と油性ペンで書かれた段ボール箱を二、三箱開け、中身を検めたが、寝間着の代わりになるような服は何もなかった。もう一度床の上に広げられたトレーナーを見て、やはり新しいものを買おうと決心する。首元のよれと脇のあたりの細かい毛玉の群れが決定打だった。

ふと、鐘の音が聞こえてきた。

腕時計を見る。

午後六時。

窓を開けると、春の風でふわっとカーテンが膨らんだ。

黄昏色の空のどこかから綺麗に澄んだ鐘の音が転がってくる。曲名は知らないが、十日前、この街に引っ越してきて初めてこの旋律を聞いた時、この街の人たちはこの音で午後六時を知るのだな、と僕は漠然と思った。

台所で鍋を取り出し、鍋に水と麺つゆを注ぎ、火にかける。まな板に小葱（こねぎ）を載せ、トントンと包丁で刻む。

「あ」

まな板から落ちてころころと転がっていく小さな緑の輪を手で止め、軽く水にさらし、鍋に放り込む。鍋の中身がぐつぐつ揺れる。冷凍うどんを投入し、麺が少しふやけるまで煮立たせ、卵を落とす。塩蔵ワカメを流水で塩抜きし、ざっくりと刻んで鍋に加え、小葱を盛る。適当うどんの完成だ。鍋のままずるずる啜（すす）る。熱い。美味（うま）い。

食べ進めるうちに空腹が落ち着いてきて、手を止めた。

段ボール箱だらけの部屋。

時計の針がチクタクと鳴り響く。

静かだ。とても。

知らない街で少し、僕は途方に暮れている。

2

チュンチュンと雀（すずめ）の囀（さえず）る声が聞こえてくる。

目を開けると、カーテンの合わせ目から漏れた朝陽が光線となって部屋を分断していた。起き出して布団を畳み、朝の支度を開始する。

洗面所でしゃこしゃこと歯を磨き、口をゆすぎ、顔を洗う。寝癖を直し、トースターでパンを焼く。ラジオから流れるいくつものニュースを聞き流し、シャツに皺がないかを点検し、まだ新しい匂いのするジャケットを羽織る。

玄関でぎこちなく革靴を履き、家を出る。

革靴の底で地面の感触を確かめながら、一歩一歩、歩く。

霞みがかった空に、街中に鏤められた春の花。

空間に張り巡らされた若い枝葉。

桜の花が咲いている。

枝先で綻んだ桜の花びらは、たわわに光を溜め込んで雪洞のようにそれ自体がぼんやりと発光しているみたいだ。花の精気がふんわりと空気に混じり、それが肌に触れるか触れないかの間にその場を通り過ぎる。淡く、ふわふわとした、それでいてきらびやかな春の空気に、心なし呼吸が浅くなる。

緊張している。

鞄の取手を握る手に無意識に入り過ぎていた力を抜く。

風が吹いて枝が撓(しな)った。

ふうっと蠟燭(ろうそく)を吹き消すように、風に散った無数の花びらがアスファルトの上を遠くまで転がっていった。


「おっはよ～ん」

夢調査係の事務室に着くと、既に出勤していた秋名が雑巾片手にひらひらと手を振った。

「おはよう」

始業まで三十分。新人且(か)つ初日ということもあり早めに出勤したつもりだったが、先に秋名が来ているとは思わなかった。

いくつかの古い棚で他部署と空間を区切られた事務室には向かい合った机が六つ。その中の一つ、昨夕、加瀬さんに案内された一番入口に近い自分の席に鞄を置きながら尋ねる。

「秋名さんは何時に来たの？」

そういうコンタクトレンズを入れているのだろうか。秋名は人工的に黒い瞳を僕に向けた。

「ついさっき。てか同期でしょ。呼び捨てでいいよ」

言いながら机と棚の間を縫うようにして雑巾であちこち拭いていく。その悠々とした動きとバッチリとした化粧が相俟って、彼女は僕に豹とかライオンとかそういう大型のネコ科の動物を連想させた。

「掃除用具ってどこにあるの？」

「あっち」

用具入れからモップを確保し、来庁者の目には触れない事務室の一番奥、昨日加瀬さんから事前説明を受けた打ち合わせスペース周辺の床を磨いていく。そうしながら棚を眺める。棚には夢調査六法や判例集、夢調査関連の書籍【初任者用　よくわかる夢調査】【夢調査法～制定の背景と逐条解釈】【夢調査　こんな時どうするQ＆A】等やファイルがぎっしりと詰まっていた。

「これ読んでもいいのかな」

「さあ」

秋名がどうでもよさそうに言った。

「それより田中さぁ。もう髪染めていいと思う？」

「髪？」

「ほら、ウチらって新人じゃん？　まあ、入っちゃえばこっちのもんだけど。最初から人事に目ぇつけられるのもアレかなって」

まるで校則破りの取り締まりを警戒する学生のようだ。やや面食らいつつ、

「んーどうだろう。周りの人の様子を」

返す言葉を選んでいる間に、彼女は早口で畳みかける。

「だよね。じゃ、パーマはアリかな？　アリだよね。もう研修終わったし——」

研修中は席が遠いということもあり話す機会がなかったが、比較的大人しそうな人間が集まった新規採用職員の中、秋名は黒髪スーツ姿でも不思議と滲み出るギャルっぽさと大きな声で自然と目立ち、周りの人間をあっという間に取り巻きにしていた。あまり公務員っぽくない人もいるんだな、と思っていたが、まさか配属先が同じだとは思わなかった。

「てかさ、寝間着で調査とかヤバくない？」

「うん。そうだね」

「寝間着持ってきた？」

「今日買いに行こうかなって——」

言い終えないうちに秋名が、だよねー、と言葉を被せて先を続ける。

「私の寝間着スウェットなんだけどさ、今のヤツ仕事着にしちゃったら普段何着て寝んのって話。支給されないんかな。あーでもダッサいヤツ支給されても困るかも。ほら、役所ってセンスないじゃん？」

「んー」

　適当に調子を合わせつつ、感情のスイッチを切って、早くも秋名に対して芽生え始めた苦手意識を自分の中で刈り取る。一度意識してしまうと苦手が加速してしまうし、どこかで態度に出てしまう。お互い大人だしこれから一緒に働くのだから、負の感情は抱かないほうがいい。

「おはよう。二人とも早いな」

　八時十分。颯爽と加瀬さんが出勤し、朝の準備の手順を教えてもらっている間に一人、二人と同僚がやってきて始業の鐘が鳴った。

　全員着席すると、花畑係長が言った。

「――皆さん揃いましたね」

　白髪交じりの花畑係長は格子柄のスーツに銀縁の丸眼鏡を着用し、物静かな考古学者のような雰囲気だ。奥から一列目に花畑係長、加瀬さん、秋名、二列目に四十代くらいの大人しそうな林田さんという女性、空席、僕と続く。

僕の隣の、主のいない机の上には水色の髪をした少女のキャラクターのイラストが印刷されたマウスパッドがぽつりと置いてある。昨夕、挨拶に来た時にもこの席には人がいなかった。秋名も気になるのか、ちらっと空席を見た。

「小嶋（こじま）君は今日、お休みです」

秋名と僕の視線を追って花畑係長がさらりと言った。

「それでは——今日から秋名さんと田中君が配属になります。二人とも新人研修お疲れさまでした。わからないことがありましたら、私を含め周りの人に気軽に質問してください。一年間どうぞよろしくお願いします」

初日は電話や来客等が重なりバタバタとしたスタートになった。

といってもバタバタしているのは先輩職員だけだ。まだ戦力にならない秋名と僕は加瀬さんからの指示を受け、自席でファイルのラベル貼りやデータ入力等の単純作業に従事した。しかし量があった訳ではなく、昼過ぎにはそれらが終わってしまった。

秋名が手を挙げる。

「加瀬さん、終わりました！」

「もう終わったのか。早いな」

彼女は得意げに胸を張る。

「はい。私、こういうの早いんで！　他に何かやることあります？」

加瀬さんが小さく微笑み、それから、考える顔つきになった。

「そうだな……」

「何でもやります！」

秋名が意気込む。

その時、加瀬さんはふと見えない糸に引かれたように窓口を見遣った。その視線を追うと、夢調査係の窓口カウンターに向かってゆっくりと歩いてくる高齢女性が目に入った。

加瀬さんはすっと立ち上がり、引き出しから資料を二部取り出して秋名と僕に渡し、

「じゃあ、一旦これ。夢調査の根拠法令とマニュアル。読んでおいて」

言うが早いかさっと窓口対応に入った。

秋名が雑巾を摘まむように指先で資料をぺろりと開き、ぎゅっと眉間に皺を寄せた。

僕は全体像を把握するため手始めに二、三十枚ほどの資料をぱらぱらと捲り、軽く目を通した。前半は文字がびっしりだ。【夢調査法】と【夢調査法施行規則】の条文が資料の半分以上を占めている。次に【夢調査申請書】の様式があり、【夢調査取下書】

の様式、【夢調査報告書】の様式、受付マニュアル、と続く。

秋名が軽く白目を剝き始めた頃、窓口での対応を終えて加瀬さんが戻ってきた。

入れ違いのように、

「そろそろ時間ですね」

と花畑係長が腰を上げる。林田さんは時計を見て、ああ、もうこんな時間！　と慌ただしく席を立ち、備え付けの金庫のボタンを素早く何度か押して開錠すると、中から取り出した何かを握りしめた。

「調査に行ってきます！」

そう言って事務室を出て行く二人の背中に加瀬さんが、お願いします、と呼びかける。後には加瀬さんと秋名と僕の三人が残された。

「夢調査ですか？」

僕が尋ねると、加瀬さんは頷いた。

「ああ。夜型の生活をしている夢主で、今の時間帯に寝ているみたいだな」

「二人で行く感じですか？」

と秋名。

「そう。夢調査は二人一組が鉄則だ」

加瀬さんがちらりと無人のカウンターを見てから僕らに向き直った。

「——さて。人が来ない間に夢調査について軽く説明する。一回で覚えなくてもいいからざっくりと概要だけ摑(つか)んでくれ。小難しい部分は聞き流してくれて構わない。

まず、夢調査に限らず全ての公務には必ず根拠となる法令がある。公務員は法令を根拠に動くんだ。だから二人とも自分の行動、業務の根拠となる法令を把握している必要がある。夢調査は地方自治法第2条9項に規定された法定受託事務だ。法定受託事務ってのは、国が市区町村に〝コレやってね〟って任せた仕事のことだ。身近な例だと生活保護やマイナンバーとかも法定受託事務だな。夢調査の主な根拠法令は二つ。夢調査法と夢調査法施行規則。関連法令はいくつもあるが、まずはこの二つを押さえてくれればいい。

夢調査が何のためにあるかについては、資料の一ページ目にある」

早くも集中が切れたらしい秋名はしかめっ面でページを捲った。

僕も資料を捲ったのを確認してから、加瀬さんが続ける。

「夢調査法第1条にあるとおり、夢調査の目的は〝個人の精神の不調を減少させ、ひいては社会的不和を根本から減少せしめること〟だ。俺たちの仕事は夢に入って夢主……夢主ってのは、夢調査の対象者で夢を見ている人だな……の精神的不調の原因を探り、解消することだ。個人の精神を健やかにすることで、社会全体の健全化を図る。社会を構成しているのは個人だからな。まあ……」それまで滑らかに話していた加瀬さんが一瞬言い淀んだ。「――夢調査法制定の背景にはそういう思想がある」

なんか意味わかんないですけど、と前置きをして秋名が聞いた。

「つまりそれって、夢の中でお悩み解決ってことですか？」

「そう。夢調査はざっくり言うとお悩み解決だ。いいぞ。最初はそうやってざっくり摑んでくれればいい。――どうした田中」

疑問が顔に出ていたらしい。

「あ、いえ、なんというか随分……抽象的な仕事だなと思いまして。夢を通してお悩み解決、といっても、具体的に何をどうすればいいのか正直想像がつかないです」

配属表に夢調査係の文字を見つけた時もそうだったが、こうやって職場で説明を受けてみても何だか雲を摑むようで、自分の仕事が一体どういうものなのか、いまいちイメージが湧かない。

加瀬さんが頷く。

「その感覚は正しいと思うよ。俺たちが対峙するのは、他人の〝夢〟や〝悩み〟というたはっきりとした形の無いものだから。どの仕事もそうなのかもしれないけど、この係の仕事は特に実際にやってみなければわからないと思う」

そこで加瀬さんは僕たちの反応を見るように言葉を切った。僕たちが黙っていると、彼は話を先に進めた。

「仕事の流れは大きく分けて三つだ。第一に調査の申請を受ける。第二に夢調査をし、第三に申請者に調査結果を報告する。比重が大きいのは二番目の夢調査だな。まずは第一段階、申請についての説明をする」

その日は一通り説明を受けた後、申請書の置き場所や窓口の机に備え付けてあるシステム端末の操作方法等を確認して一日が終わった。

3

「田中はさ、小嶋さんと席、隣じゃん？　気にならないわけ？」

夢調査係で働き始めて三日目の朝。床にモップを掛けながら秋名が言った。

「何が？」

僕は雑巾で棚の上を拭く手を止めた。

「小嶋さんがどうして休んでいるのか」

秋名の目がきらりと光る。そこには明らかな好奇の色があった。

「……理由があるから休んでいるんだと思うよ」

もう三日連続で休んでいるにも関わらず、先輩職員たちは小嶋さんの不在に触れない。初めての職場なので何が普通なのかはわからないが、もし彼が休んでいる理由がちょっとした風邪や軽度の怪我等であればそうと教えてもらえるのではないかと思う。恐らく、理由を言わないことには何か理由があるのだ。ならばわざわざそれを追求したいとは思わない。

秋名がしゃべり続ける。

「小嶋さんって確か、加瀬さんの二つ上だから、二十九歳だよね？　あんまり病気とかになる歳でもないし、怪我でもしてるのかな。あとは喪中とか」

「さあ」

曖昧に返事をして掃除に戻る。

掃除が好きだ。

プリンターの後ろや、棚と棚の狭い隙間に雑巾を滑り込ませ、溜まっていた埃を搦めとる。そういう普段見えなかったり、手が届きにくい部分を綺麗にしていくと気持ちがとても落ち着く。汚れや埃が取り払われて、そのものの持つ本来の姿が見えてくると何だかうれしい。

せっせと掃除を続けていると、秋名が不思議そうに聞いた。

「田中って他人に興味ないわけ？」

「どうして？」

「だって……小嶋さんが心配じゃないの？」

「――そういう訳ではないけど」

手を止めずに答えると、秋名は背後で、

「なんか冷たい感じ」

と呟(つぶや)いた。

朝ちょうどそんな話をしていたからだろうか。午前中、トイレで用を足して事務室に戻ってきた時に窓口カウンターで、

「あ、すみません。私、小嶋という者ですが……」

と初老の男性に声を掛けられた時、僕は混乱した。ここの職員の小嶋さんだろうか。とても二十九歳には見えない……。

男性は被っていたハンチング帽をぱっと取り、頭を下げた。

「倅がご迷惑をお掛けしております」

倅……どうやら職員の小嶋さんの親御さんらしい。僕は反射的に首を横に振った。

「いえ、そんな……」

「係長さん、いますか？」

「はい、おります。今呼んで参ります」

僕は花畑係長を小嶋さんのお父さんの元へと案内した。

「夢調査係の係長をしております、花畑と申します」

「どうも、小嶋の父です。倅がいつもお世話になっております」

「こちらこそお世話になっております。どうぞお掛けください」

「いえ、このままでけっこうです」

二人が話し始めたのでその場を辞して席に戻ると、秋名が身を乗り出してきて声を潜めて僕に囁いた。

「……誰？」

「小嶋さんのお父さん」

「マ・ジ・で？」

秋名が男性を無遠慮にじろじろ眺める。僕はあまり見つめるのも失礼かと思い、手元の資料を捲っていたが、ややあって、田中君、と花畑係長に手招きされた。

「小嶋さんが夢調査申請をされるので、受けてください」

「あ、はい」

僕は慌てて椅子から立ち上がった。「では私はこれで」と下がる花畑係長と入れ違いにカウンター越しに男性と向き合うように座ると、彼は言った。

「倅がここのところずーっと休んどるでしょう。どーも様子がおかしい。そんでひとつ調査をね、お願いしたいんですよ」

「畏まりました。ではまず、こちらの申請書にご記入をお願いします」

カウンターの下の棚から夢調査申請書を一枚抜き出し、差し出す。

不慣れなことで緊張して顔が火照る。変な汗を搔いている僕の前で、男性は涼しい顔で胸ポケットから万年筆を取り出し、申請書にさらさらと記入を始めた。申請者の住所、氏名、生年月日、電話番号、調査対象者の住所、氏名、生年月日、申請者との続き柄……ふと手が止まり、目を上げる。

「この〝就寝時間〟と〝起床時間〟っつーのがね、ちょっと正確にはわからんのですが」

「えーと」

返答に困ると、背後から淀みない声がした。

「調査をする時間帯の参考にさせていただくだけですので、正確でなくとも問題ございません。大凡（おおよそ）の時間はご存知ですか？」

いつの間にか加瀬さんが後ろに立っていた。

「ええ、大体でしたら」

「では、大体の時間のご記入をお願いします」

男性の手は申請書の一番下、添付物の欄で再び止まった。

「この添付物ってのは、絶対に無いとダメですかね」

絶対に、と聞かれるとまだ自信がない。目で助けを求めると加瀬さんが言った。

「はい。添付物が無いと調査員が対象者の夢に辿（たど）り着（つ）くことができかねまして……。写真でも、私物でも、何でも構いません。何か信幸（のぶゆき）さんに関わる物をお持ちではないですか？」

「ありゃ～……参ったな」小嶋父は鞄の中をがさごそやり、頭を掻いた。「倅の机に何かありませんかね」

「えーと……」

半ば情けなくなりながら目で指示を仰ぐと、加瀬さんが答えた。

「見て参ります。では、恐れ入りますが先にご本人確認をさせていただきますので、身分証明書の提示をお願いします」

僕は受け取った免許証の写真と小嶋父の顔と見比べ、住民登録情報の端末にログインし、情報を引き出した。住所、氏名、生年月日の整合性をチェックする。免許証を返し、加瀬さんと二人で小嶋さんの机の前に立つ。

加瀬さんがちらっと僕を見た。

「――本当はこういうの、ダメなんだけどな。でもまあ、職員だし……」

そして唯一机上に出ていたマウスパッド――アニメが好きなのだろう。『**いっしょにおどろう♡**』という文字と水色の髪の少女のイラストが描かれている――を手に取った。添付物の欄に【マウスパッド】と記入してもらい、申請書と一緒に預かる。

次に端末で小嶋信幸さんの情報を引き出し、内容を確認していく。

「大丈夫そうです」

「拒否登録の有無は確認したか？」

それは昨日説明を受けた時、これだけは見落とすなと念を押されたものだった。

「はい。確認しました」

夢調査の実施は調査対象者には通知されないため、対象者は調査拒否の意思表示をする機会がない。そのため、夢調査を受けたくない人の救済措置として夢調査拒否の事前申請制度がある。事前に拒否申請をすることで、自分に対して申請された夢調査を拒むことができる。夢調査拒否申請がされている人の情報を開くと画面が赤くなり警告が出てくるようになっているが、今回警告は出てきていない。加えて、画面の拒否登録の有無欄には「無」が表示されている。

　僕は小嶋父に向き直り、昨日読み込んだ夢調査申請受付マニュアルを思い出しながら言った。

「ではこちら、お預かりします。調査結果につきましては本日から二か月以内に郵送でお送りいたします」

「よろしくお願いします」

　立ち上がり、小嶋父の背中を見送る。

　彼の姿が見えなくなると、花畑係長がゆっくりと近づいてきた。

「それでは、田中君」

　花畑係長の銀縁眼鏡がきらりと光った。

「週明け、小嶋君の夢調査に行ってみましょうか」

4

「なんだい、月曜日からお泊まりかい」

一階西口にある守衛室へ調査準備室の鍵を借りに行くと、加瀬さんと顔見知りらしき年配の警備員の男性が茶化すように言った。加瀬さんがにこやかに答える。

「こんばんは西田さん。四月はウチの繁忙期なんですよ」

鍵貸出簿に必要事項を記入し、鍵を受け取ると、西田さんは、

「よい夢を」

警備帽をぺろりと取って見送ってくれた。

午後十時半。四月という時期柄だろうか。夜の市役所は残業のため各階にまだ職員が残っているが、来庁者の出入りがないため玄関付近はしんとしていて、廊下に白々と溜まった蛍光灯の光がどことなく夜の学校や病院を思わせた。

地下へと続く階段は心なしひやっとしている。

薄暗い空間に、トントンと二人分の靴音が響く。

僕はこれから人の夢に入る。

加瀬さんについて階段を降りながら、未知の世界に踏み込んでいく緊張感に自然と呼吸が浅くなる。緊張で感覚が鋭くなっているのか、右手に抱えた寝間着の入ったビニール袋のすべすべとした感触がどこか異質で、やたらとリアルに感じる。

地下一階を通り過ぎ、更に薄暗い階段を降り切った先に【調査準備室】の小さなプレートがついたドアが現れた。加瀬さんに促され、鍵穴に鍵を差し込む。

ドアの向こうは――真っ暗だ。

加瀬さんが室内に身体を滑り込ませ、照明のスイッチを押したらしく、パチリと音がして天井の蛍光灯がチカチカと瞬き、六畳ほどの空間を照らし出した。

コンクリートで四方を固められた部屋には大型洗濯機と洗濯籠、U字管が剝き出しになった小さな洗面台とその上に備え付けられたA4サイズの四角い鏡、職員の個人名――秋名と僕の名前もある――のラベルが貼ってあるロッカー、小ぶりのテーブルと棚、洋服店の試着室のような小型の更衣室が二つ、ひっそりと備わっていた。

加瀬さんと僕は着替えるためにそれぞれ更衣室に入った。

扉の内側にフックがついていて、そこに吊られていたハンガーに脱いだ服を皺にならないように掛け、持参した寝間着の袖に腕を通す。寝間着は週末散々迷った挙句、白い細いラインが入った紺色のジャージにした。一度だけ洗濯をしてあるが、生地がまだ固くどこか肌によそよそしい。

夜で地下ということもあるのだろう。動きを止めると、準備室はあっという間に異常なまでの静けさに呑み込まれた。

着替えを終え、更衣室を出る。

加瀬さんの寝間着はシンプルで仕立ての良さそうな真っ黒なジャージだった。何故か肩に大きなバスタオルが掛かっている。

「これは掛布団用、こっちは敷布団用、あと、これ枕カバーな」

加瀬さんは棚の引き出しから種類毎に並べられた真っ白なシーツを次々と僕の腕に積んでいき、それから準備室の一番奥、【調査室】のプレートが掲げられたドアの前で立ち止まり、ポケットに手を入れて小さな鍵を取り出した。夢調査係の事務室の金庫から持ってきたものだ。

「この先は夢調査係の職員以外は入れない」

そう言って加瀬さんが開錠し、ドアノブに手を掛ける。ギィ、と微かな軋みと共に小さな土間と、障子戸が現れた。

照明を点けると、障子が内側からぱっと明るくなった。

土間で靴を脱ぎ、爪先を揃え、框に上がり、障子戸をすうっと開ける。調査室は竹製の目の細かい衝立で簡素に二分された四畳半の和室だった。窓は無い。加瀬さんは慣れた手付きで押入れから二組の布団を降ろした。

「枕は二種類あるから好きな方を選べ」

押入れの一番上の段に枕がいくつか整列していた。低めのものが好みなので、触り心地を確かめて柔らかい枕を選ぶ。部屋の右側で加瀬さんが、左側で僕が眠ることにした。各自敷布団と掛布団をセットする。

衝立の竹細工の網目越しに、加瀬さんがふわっと投網のようにシーツを敷布団の上に投げかけ、すーっと皺を伸ばすのが見えた。洗礼された儀式か何かのように手際が美しい。僕が敷布団の四隅にシーツをもそもそとたくし込んでいる間に、加瀬さんは掛布団のセットも終了していた。

緊張している僕とは対照的に彼は寛いだ様子で胡坐をかき、バスタオルを三つ折りにして端からくるくると丸めながら気軽な調子で言った。

「田中は家では枕、何使ってるの？」

「えーっと何でしたっけ。あの、指で押すと戻ってくるやつです」

「低反発枕？」

「はい、そうです。加瀬さんは？」

「俺はコレ。バスタオル枕」

「バスタオルって枕になるんですね」

タオルを丸めて何をしているのだろうと疑問だったが、枕を作っていたのか。

「使ってる人けっこういるぞ。首の後ろにフィットするように自分で好きな高さに調整できるし、すぐ洗濯できるからな。良いよ。おすすめ」

僕が布団の用意を終えると、加瀬さんは小嶋さんのマウスパッドを部屋の奥、畳よりも一段高い床框にそっと置き、ちらっと時計を見た。

「――まだ時間があるな。試しに横になってみるか。田中も枕が合うかどうかわからんし。もし合わないようだったら俺のロッカーにバスタオルの予備があるから」

布団に身体を沈め、手足を伸ばして天井を見つめる。日ごろから丁寧に手入れされているのか、布団はふんわりと柔らかだ。

「枕、どうだ?」

「大丈夫そうです」

それから小嶋さんの就寝時間と思われる午後十一時になるまでの十分間、普段飯どうしてるの、自炊です、へぇ家で作ってんだ、そういう他愛ない言葉を交わした。

やがて、短い沈黙を経て、加瀬さんが言った。

「――時間だな。そろそろ行くか」

「はい」

いよいよだ、と布団の中でそっと掌（てのひら）を握りしめる。

「緊張してるか？」

そう言われて、加瀬さんはさっきからとりとめのない会話をすることで緊張を解（ほぐ）そうとしてくれていたのだと気が付いた。

「大丈夫です」

そう答えつつ、やはり不安だった。夢の中に入って具体的に何をどうしていいかわからないし、そもそもちゃんと夢の中に辿り着けるのか半信半疑だった。入った先がどんな夢なのかも予測がつかない。

加瀬さんが天井を見つめたまま静かに言った。

「なあ、田中。世の中には本当に、色んな人がいるんだ。色んな夢主がいる。それでな、こう言っちゃなんだが小嶋さんは職員だし、素直な人だから初めての夢調査にはうってつけだ。こんな機会は滅多にない。夢の中では小嶋さんをよく見るんだぞ。最初はそれだけでいい。おかしなことにはならないと思うが、いざという時には俺がなんとかするから」

「――はい。ありがとうございます。よろしくお願いします」

「おう。じゃあ、行くぞ。電気が消えたら目を閉じるんだ。目を閉じるだけでいい」

加瀬さんが紐を引き、電気を消す。

次の瞬間、僕は真っ暗闇を見ていた。

隣で、ごそごそと加瀬さんが布団に潜る気配がした。

沈黙。

そして、加瀬さんの気配が部屋の中からぷつりと消えた。加瀬さんの身体はそこに在る。でももう、いなくなってしまった。僕はそれを本能的に悟った。

布団を首元まで引き上げる。

眠れなかったらどうしよう。

ずっとそれが心配だったけれど、言われたとおり目を瞑った途端、身体が、ずずり、ずずり、と地面に沈み込んでいくような感覚がした。

痛くも苦しくもない。不思議と恐怖もなかった。

そして、まるで身体からすぽんと抜け落ちた魂が床を通過して下へ下へと際限なく落ちていくような奇妙な感覚がして、意識が途切れた。

＊

――ざあ、ざあ、と波の音が聞こえる。

気が付けば、僕は見知らぬ浜辺に立っていた。

曇天の下、鈍色の波が白く砕けながら薄べったく砂浜に押し寄せる。

波が爪先から踵をすうっと洗い、足の周りの細かい砂をさらさらと浚いながら引いていく。そしてまた新しい波が押し寄せる……僕はその水に触れないよう、本能的に一歩身を引いた。

――水の感触がおかしい。

それは確かに水であって、けれど僕の知っている水とは違っていた。裸の足の指に纏わりついた水はどこかもったりとしている。……いや、水だけじゃない。何かがおかしい。何が、とはっきりとは断定できないが、まるで脳や皮膚に薄いビニールが張り付いているような透明な閉塞感がある。

違和感を前に僕は立ち尽くした。

そして、小さい頃地元の科学博物館で体験した斜めの部屋のことを思い出した。斜めの部屋とは、文字通り地面に対して斜めに作られた部屋なのだが、あたかもそこが水平であるかのように見える細工が施されている。そのため、平衡感覚で捉えた〝この部屋は斜めである〟という情報と視覚で捉えた〝この部屋は水平である〟という二つの情報を一度に受け取った脳が混乱し、感覚が不安定になる。

──その時の不安定さに少し似ている気がするが。

違和感の正体を摑む間もなく、斜め後ろで低い声がした。

「ぐうううう……あああ……！」

驚いて振り返ると、波打ち際で一人の男性が両手で砂を引っかきながら転げ回っていた。

反射的に男性に駆け寄ろうとした時、

「待て」

突然、肩を摑まれた。

「──加瀬さん」

すらりとしたスーツ姿に、鋭い目つき──加瀬さんだ。……確かに加瀬さんなのだが、やはり、何かが変だ。僕の知っている加瀬さんよりもどことなく威圧感がある。

声も変だ。電話越しで話しているみたいに質が微妙に違う。加瀬さんの声だけではなく、自分の耳に届く僕の声もいつもとは微妙に違っているように感じた。

が、今はそんなことどうでもいい。

「加瀬さん！　あの人、具合が悪そうです。……そうだ、救急車……あれ？」

僕はスマホを取り出そうと焦ってスーツのポケットをさぐった。空っぽだ。ぱっと辺りを見渡すと、海と砂しかなくて周りに助けを求められるような建物もない。

「ああ……！」

男性がまた身を捩って呻いた。近づこうとすると、僕の肩を掴む加瀬さんの手に力が入った。

「待て。落ち着けって」

「でも」

加瀬さんは僕の目を見て、ゆっくりと言った。

「いいか。ここは小嶋さんの夢の中だ」

「あ」

はっとした。そうだった。調査で来ているんだ。僕は改めて周りを見渡した。言われてみれば夢だと思われるおかしな点がいくつもあった。整備された砂浜が延々と続くこと、岩場や草木、建物が全く見当たらないこと、風がないこと、それに、僕たちの他に誰もいないのも不自然だ。広い砂浜に僕たちは三人だけだった。

現状を把握したことが伝わったのか、肩から加瀬さんの手が離れる。

男性が三度呻いた。

その声は確かに苦痛に押し潰されているが、落ち着いてよく見ると、身体のどこかを痛がっている素振りはない。

「俺が呼ぶまでここにいてくれ」

加瀬さんはそう言うと、颯爽とした足取りで男性に近づいていき、声を掛けた。

「小嶋さん。お久しぶりです」

転げ回っていた男性がピタッと動きを止め、ふっと顔を上げた。

「……加……瀬君？」

少し離れたところからその様子を見ながら、僕は思った。

あの人が小嶋さんか。

白くぽちゃっとした肌に、ほんのりと赤みの差した頰。ぱっちりとした二重の目は驚きで見開かれ、薄茶色の髪も服も砂まみれになっている。小嶋さんは加瀬さんよりも二歳年上らしいが、童顔のためか加瀬さんよりももっとずっと若く見えた。

加瀬さんが小嶋さんに向かって爽やかに微笑む。

「こんにちは」

「……？　なんでここに……」

小嶋さんは口をぽかんと開けたが、次の瞬間、わかったぞ、という顔をして跳ね起きた。

「君っ……ダメだ！　ダメだよ加瀬君！　職権乱用じゃないか！」

どうやら夢調査だと見破られてしまったようだ。無理もない。小嶋さんは普段調査をする側の人間だし、まして加瀬さんは夢調査係の職員だ。自分の夢の中に同僚が現れればすぐにそれとわかるだろう。

「一応法令に基づいて調査にあたっています」

「は？」

小嶋さんが腰が引けたようにおろおろと一歩退いた。

「へ？　申請があったのかい？　……ああ、わかった！　父さんか。父さんだろう？この間、なんか様子が怪しかったんだよ！」

加瀬さんはそれには答えなかった。恐らく守秘義務があるからだ。

小嶋さんが目を眇める。

「──加瀬君、君は、オレがなんで休んでいるのか、知っているのかい？」

「はい、大体のことは」

低く呻いて小嶋さんがぐしゃぐしゃと髪を掻きむしる。

「……どうせさ、またいつものことだと思ってるんだろ？　でもさ、オレ、今回ばかりは本っ当にダメみたいだ……」

小嶋さんは髪を乱したままその場にすとんと座り込み、両手で顔を覆った。

「だから悪いけど、無駄足だ。オレはもう、起きるよ」

加瀬さんは動じない。

「起きていただくのは小嶋さんの自由ですが、その前に挨拶だけさせていただいてもよろしいでしょうか」

「あいさつ？」

小嶋さんが顔から手を離す。加瀬さんは僕を手招いた。

「小嶋さん、こちら、田中優太君です。今年大学を卒業したばかりで、ウチの部署に配属された新人です。田中。こちらの方は小嶋信幸さん。俺の二年先輩の同僚だ」

僕は砂に足を取られながら小嶋さんの前まで歩いていき、お辞儀をした。

「田中優太です。どうぞよろしくお願いします」

「因みに田中は小嶋さんのこと、何も知りません。——お休みをしている理由も」

「んんん……」

　僕と目を合わせないようにしているのか、小嶋さんの視線がうろうろと鈍い色の空を彷徨う。彼は頻りに両手をこすり合わせ、やがて、諦めたようにちらっと僕を見た。

「……もしかして田中君、調査は初めて？」

「はい、初めてです」

「そうか……。んー……あー、そうかぁ……初めてかぁ……」

　彼は再び両手で顔を覆い、呻くように言った。何やら葛藤しているみたいだ。

と、ふっ、と小嶋さんの脇にちゃぶ台が現れた。

「まあ、座ってくれ」

　調査の勝手がわからない僕は、ちらっと加瀬さんを見た。加瀬さんに目で促され、小嶋さんの正面に正座する。ほんの一瞬、スーツに砂がつくのが気になったが、そもそもジャージで眠りに就いたことを思い出す。夢の中だし、きっと大丈夫だろう。

　僕が座ったのを見届けると、加瀬さんは何故か少し離れたところまで歩いて行き、こちらに背を向けて海を眺め出した。

　何をしているんだろう、と思った時、

「あのさ」

小嶋さんに声を掛けられ、僕は視線を前に戻した。小嶋さんは顔から両手を離し、身体を捻り、僕に向き直った。

「悪いな、とは思ってるんだ」

休んでいることに対してだろう。どう答えればいいのかわからずに、いえ、と曖昧に濁す。

小嶋さんが申し訳なさそうに言う。

「たぶん、アレだよな、今の時期さ、けっこう忙しいんじゃない？　オレがいない分、皆に負担かけちゃってるよな……」

「いえ。そんな――」

きっと仕事に行きたくても行けない何等かの事情があるのだろう。

「でもね」

小嶋さんが両手をパンと天板につけ、ぐっと身を乗り出した。

「これは仕方がないことなんだよ」

顔が近い。とても。僕は反射的に身体が引きそうになるのを既の所で堪えた。そしてその時、小嶋さんの目に熱のようなものが浮かんでくるのを見た。

——なんだか様子がおかしい。

僕はちらりと加瀬さんを見た。

加瀬さんは相変わらず海を眺めているが、恐らくそれはポーズだろう。意識はこちらに向いているのがわかった。何故加瀬さんはこの席に参加しないのだろう。どうも小嶋さんの事情を知っているようだが、そのことに関係があるのだろうか。何故か小嶋さんも加瀬さんをちゃぶ台に呼ぼうとはしない。

「さて」

小嶋さんは気を取り直したように、ぽん、と一つ手を叩(たた)いた。

「せっかく来てくれたんだしな、うん。お茶でも飲んでいくか」

「いや、あの、お構いな——」

言っている間に、ちゃぶ台の脇に小さな茶簞笥(ちゃだんす)が現れた。

小嶋さんはその引き出しから手当たり次第にティーバッグやら缶やらを引っ張り出し、ちゃぶ台に累々と積んでいった。

そこから先は怒濤(どとう)だった。

「おいおい、足なんか崩してくれ。えーっと、田中君はコーヒーと紅茶、どっちが好きかい？ もしカフェインがダメなら麦茶とか、そば茶とか、ルイボスティーとか、ミントティーなんかも、」

「紅茶が好きです。紅茶をお願いします」

お茶の葉でちゃぶ台が溢れ返りそうになり、僕は慌てて言った。本当は何でもいいのだが、こういう時は何でもいいが一番いけない。紅茶を選んで一安心、かと思いきや、小嶋さんの手は止まらない。

「オッケー！　紅茶はダージリンでいいかい？　アールグレイ？　オレンジペコ？　あと、なんだっけ……紅茶にはあまり詳しくないんだ。ああ、そうだ、アッサムでしょ、セイロンでしょ、あと、ウバに——」

「ダージリンがいいです。あ、僕が淹れますよ。小嶋さんは……？」

辛うじて聞き取れたものを指定して腰を浮かすと、小嶋さんに両手で押しとどめられた。

「いいよいいよ、まあああまあ！　座ってて！　あ、そうだ！　お菓子は？　紅茶にはチョコレートだよね。ミルクチョコでしょ、ホワイトチョコでしょ、トリュフチョコなんかもいいね。甘いものは好きかい？　あ、おせんべいとかのほうがいいかな。そうだ！　ねえ、知ってるかい？　サラダせんべいのサラダって、野菜のサラダじゃなくてサラダ油のサラダなんだよ！」

これが本当にさっきまで苦痛にのたうち回っていた人間だろうかと訝る間もなく、お菓子の山が築かれていく。

「あの、あまり気を、つかわずに……」

最終的にちゃぶ台から苺のマカロンが転がり落ちたところで一段落し、小嶋さんは丸っこいポットからとぽとぽと注いだ紅茶を、無理矢理作った天板の隙間に置いてくれた。その拍子にいくつかのお菓子が転げ落ちた。

「さぁ、どうぞ！」

「ありがとうございます」

小嶋さんが自分の分のティーカップの中身を呷る。僕も彼に倣い一口口に含み——え？　とカップを覗き込んだ。

つるりとした白い磁器の中で、確かに琥珀色の液体が揺れているけれど……。

小嶋さんが両手を広げて言った。

「——ま、夢だから。味も匂いもないんだけどね！　でも、いるんだよ？　夢の中でも味がする夢主も。さ、お菓子も食べてくれ」

「い、いただきます」

出身は、家族構成は、好きな食べ物は。

小嶋さんが繰り出す矢継ぎ早の質問に答え続ける傍ら、この人は一体どういう人なんだろう、と考える。恐らく悪い人ではない。飾り気がなく、自己演出や計算のようなものが一切感じられない。もしも小嶋さんが野球のピッチャーだとしたら力尽きるまでひたすら全力でど真ん中にストレートを投げ続けそうな気がする。

邪気のない目でしゃべり倒した後、ぐっと紅茶を飲み干し、一呼吸置いて小嶋さんが言った。

「田中君。君には、恋人はいるかい？」

「いえ。いません」

「そうか」

変な間があった。ので、目上の人に聞くのは失礼かもしれないと思いつつ、

「あの、小嶋さんは？　お付き合いされてる方はいらっしゃるんですか？」

慎重に聞き返すと、小嶋さんは両手でそっとカップを包み込んだ。

「んー……オレさ、最近彼女と別れたんだよね」

「……そうなんですね」

よく見ると、小嶋さんの肩が小刻みに震えている。もっと突っ込んで聞いてほしいのか、下手に刺激しないほうがいいのか。判断しかねて紅茶のポットに手を伸ばす。

「小嶋さん。お茶、飲みます？」

「──ありがとう」

紅茶を注ごうとポットを傾けた瞬間、ちゃぶ台が大きく揺れた。

ガシャン、と大きな音を立ててちゃぶ台と共に小嶋さんが倒れ込む。崩壊したお菓子の山がその上にドサドサと降りかかった。

「小嶋さん!?」

お菓子を振り払うと、額を砂に擦り付けて、ビスコを両手に握りしめた小嶋さんの姿が顕わになった。

「うう……」

「大丈夫ですか？」

肩を掴んで引き起こそうとしても小嶋さんは顔を上げようとしない。困り果て、加瀬さんに視線で助けを求めると、彼は遠くから軽やかに両腕で○を作った。どこからどう見ても「オッケー」のサインだが、全然オッケーじゃない。

ややあって、小嶋さんはふらふらと上体を起こした。

「ごめん……取り、乱した……」

「いえ」

顔からぽろぽろと砂が零れ落ちる。ちゃぶ台を元に戻し、小嶋さんが胡坐をかいた。

「……オレさ、」

「はい」

その声の重々しい調子に僕は姿勢を正した。

小嶋さんは目に涙を浮かべ、言った。

「まだ鈴城さんのことが好きなんだ」

何を言われたのかを理解するのに僕は数秒を要した。

「彼女と初めて出会った時、こう、ビビッと来た。上手く言えないんだけど、彼女を見た瞬間、わかったんだ。オレはきっと、この女と出会うために生まれてきたんだろうって。鈴城さんは今まで出会ってきた他の女性とは全然違うんだ」

小嶋さんが話し続ける。言葉が耳から耳へと通り過ぎていき、上手く頭に入ってこない。一つの疑念が頭の中を占拠していたからだ。

——小嶋さんが休んでいるのは、失恋が原因？

僕はすぐにその考えを振り払った。いや、まさか。いい大人が失恋が原因で一週間も仕事を休むだろうか。何か他に事情があるのだろう。

しかし予想に反して小嶋さんはそれ以降、鈴城さんの話しかしなかった。鈴城さんへの思い、苦しい胸の裡。僕は混乱を極めていった。

「オレはこのままじゃ、終われない。終われないよ……だってこんなの……生きてる価値がない」

話に曖昧に頷きながら、内心、失恋で休職する社会人ってどうなんだろう、と思う。いや、こんな風に思ってしまう僕が冷たいのか。小嶋さんに遭遇した時のショックもいつの間にか薄れ、集中が切れてきたのか、今更のように夢に入った直後の薄いビニールで脳を覆われているような違和感が蘇ってきた。

違和感を持て余しながら、僕は小嶋さんの話に相槌を打ち続けた。

しばらくすると小嶋さんの輪郭が緩んだ。彼は話し続けているけれど、言葉が切れ切れに、ノイズのようになっていく。そして、目の前の景色がぐわんと膨張し、くにゃりと歪み、ふっと消えた。

5

目が覚めると、真っ暗闇だった。

僕は柔らかいものに全身を包まれていた。半身を起こすと、何かが――布団だ――さらりと上半身から滑り落ちた。

暗闇の中で小さく息をする。

まるで脈の打ち方を忘れてしまったみたいに心臓がおかしな跳ね方をしている。鼓動に合わせてシュワー、と炭酸が抜けていくみたいに身体から透明な何かが抜けていき、自分がひどく脆（もろ）く不確かな存在になっていくような漠然とした不安に襲われた。

――僕はどうしてここにいるのだろう。

不安が極限に達した時、カチ、と頭上で音がして、明転した。白く光る天井の照明。見慣れない小さな和室。部屋を等分する竹製の衝立。

その向こう側から、誰かがひょいっと顔を覗かせた。

「田中、起きたか？」

髪の毛が重力に逆らってあさっての方向につんつんとはねている。普段ピシッとしている分、認識が遅れた。

「あ……加瀬さん。おはようございます」

声が震えていた。ああ、でもこれは僕の声だ。いつもの声。

「おはよう」

加瀬さんの声が、自分の声が、聞こえてくる音が、元に戻っている。音の響きを確かめたくて、今どういう状況なのかを知りたくて、声を出す。

「あの、調査は？」

「あの消え方だと小嶋さんが自然に目覚めたんだろう。それより、具合はどうだ？」

「なんだか……」

「あまり良くないか？」

「はい、何て言うか……」

「感覚が過敏になってる？」

はい、と僕は頷いた。かつてないほど感覚が鋭敏になっている。

布団から手を離す時の僅かな静電気、部屋にゆるく漂う藺草の匂い、布団の感触や、剝き出しの肌に触れる空気や膝の裏の温い空気——普段は意識しない小さな刺激まで全身の細胞によって隅から隅まで吸い上げられ、それらの情報が神経を伝ってとめどなく脳に供給されてくる。

同時に、細胞から何かが――たぶん、夢の中の感覚だ――ぐんぐん抜けていくから、出る入るで感覚が身体の中で渋滞し、迷走し、ただそこにいるだけなのに、強烈な疲労感が襲ってきた。酷く怠い。既に座っているのに、座り込みたくなった。

「これは――なんですか？」

片手を布団につき、自重を支える。

「大丈夫だ。最初はみんなそうなる。……夢酔いってやつだな」

言いながら加瀬さんが枕元から何かを取り出した。

「ゆめよい？」

「後でゆっくり説明する。今は疲れてるだろうからな。――係長から差し入れだ。とりあえずこれ食え。酔いが醒めるぞ」

加瀬さんが和紙で丁寧に個包装された手の平サイズの四角い羊羹を渡してくれた。

「ありがとうございます」

僕はそれを握りしめて固まった。とても物を食べる気にはなれない。

「気分が良くないのはわかっている。でも、騙されたと思って食ってみろ」

気の進まないまま、羊羹の包装に指先をかける。

手が震えて綺麗に剝がせない。仕方なく和紙を破り、アルミの包みを剝いで、羊羹の端っこをすうっと前歯で嚙み切る。しっとりとした羊羹の欠片が口の中に零れ落ち、冷たくて滑らかな甘味が舌の先に、触れた。

瞬間、時が止まった。

まるでしんと静かな水面に雫が一滴、ぽつりと落ちて波紋を広げていくように舌先から甘味がじわっと全身に波及していくようだった。僕は急速に神経という神経が整っていくのを感じた。

調査室を片付けて加瀬さんと役所で別れた後、帰り道をひょこひょこと歩く。

明け方の空の淡い色。

東の山の稜線が金色に縁取られ、やがて、山を乗り越えた太陽が街にふわっと光を投げかけた。蒼っぽい薄暮の中にしんと佇んでいた家々が、電柱が、道という道が、光と影を得て胎動のように隆起して、静かに街が目を覚ます。

そして、街が隅々まで朝で満たされた。

僕はその光景に、不思議なほどに胸を打たれた。何故か、自分でもよくわからないけれど、ふとすると泣きそうになった。随分と久しぶりに〝朝〟というものを見たような気がする。

まだ眠っている人もいるだろう。既に起き出して卵焼きなんか焼いている人もいるかもしれない。眠れない夜を過ごした人も、これから眠りに就く人もいるかもしれない。その全ての人の一日の始まりに分け隔てなく美しい光が投げかけられていることが、とてもとても尊いことのように感じられた。

光を、音を、匂いを、自分の身体の感覚を一つ一つ辿りながら、帰り道を歩く。

築二十年のアパート。

錆の浮いた郵便受けをカタリと開く。

空っぽだ。

家に入り、台所で手を洗い、食器棚からガラスのコップを取り出す。

朝陽が小窓の鱗模様のガラスで優しいモザイクになって、磨き上げられたシンクを光らせている。蛇口を捻り、コップに水を汲む。まるで光を汲んだみたいにコップの水が金色を溜め込んだ。僕はその美しい液体を一口、飲み込んだ。まろやかな口当たり。水が喉をすうっと滑り落ち、身体に沁み込んでいく。

——美味しい。

まるで生まれて初めて水を飲んだみたいな衝撃がそこにはあった。

綺麗に澄んだ光の中で、瞬きをして、コップを持ったまま立ち尽くす。——水。こんなにも美しく、透明で、美味しい。

なんだろう、これは。

窓を開けると颯爽とした風が、頬を、シャツの内側を、素足をさらりと撫(な)でた。小嶋さんの夢の中で感じていた透明な閉塞感はすっきりと取り払われ、今はまるでこの世界に生まれ落ちた朝のように、全ての感覚が開放されているのだった。

6

午前中は睡眠を取り、午後出勤してからまず初めに行ったのは、加瀬さんとの打ち合わせだった。そこには秋名も同席した。

三人で打ち合わせスペースに座り、夢の中で見た景色や、夢主である小嶋さんの言動の確認から始める。夢で得た情報を思い出せる限り詳細に紙に書き出し、現状の確認と分析をし、次の調査の方針を練るのだ。

加瀬さんは小嶋さんからほとんど離れていたので主に僕が話し、加瀬さんがそれを書き留めた。最初は興味深そうに聞いていた秋名は徐々に呆(あき)れたように表情を崩していき、鈴城さんの件が終わると、鼻で笑った。

「やっぱ……」

ほとんど無意識に一瞥（いちべつ）すると、彼女の顔から半笑いが消え、一気に険しい目つきになった。

「は？　何？」

「別に」

「いや、別にじゃなくて。その顔絶対何か言いたいことあるでしょ。言いなよ」

「だから別にって」

「いいから言いなよ。何なの？」

「……」

だんまりを決め込み、ふと視線を感じ、見ると、加瀬さんが僕から視線を逸（そ）らした。

――どことなく探るような目つきだったのは気のせいだろうか。今はポーカーフェイスで何を考えているか読み取れない。ぶつくさ言う秋名を無視し、僕は気を取り直して加瀬さんに向き直った。

「あの、加瀬さん。どうして調査中、僕たちから離れていたんですか？」

「俺と小嶋さんは歳も近いし、変にお互いを知り過ぎている。だから初対面の田中だけのほうが小嶋さんも話しやすいだろうと思ってな」

加瀬さんは机の上にペンを置き、にっと笑った。

「小嶋さん、田中が来て喜んでただろう？　お前のことが可愛いんだよ。あの人は後輩をとても可愛がるから」

僕は頷いた。小嶋さんからの好意。あの不安定な夢の世界で、それだけは確かなものとして感じられた。

「——あと加瀬さんって、小嶋さんの不調の原因が失恋だって知っていましたよね？」

「ああ」

「事前に教えてくださらなかったことには何か理由がありますか？」

「小嶋さんの調査を通して、田中に調査員として身につけてほしいことがあるんだ。それは夢調査で一番大切なことで、そしてそれを身につけるためには今回の場合、予備知識が却って邪魔をすると思った」

「田中に身につけてほしいことってなんですか？」

と秋名。

「対人テクニックの一種だ。秋名にも調査員として身につけてほしいと思っているんだが、そのテクニックは恐らく、今の小嶋さんにはかなり有効な手だと思う。いや、有効過ぎる。だから今は教えない」

秋名と目が合う。同じことを考えているのがわかった。――有効な手なら教えてくれればいいのに。僕たちの気持ちを汲んだように加瀬さんが言う。

「最初からテクニックありきで夢主を〝処理〟してほしくないんだよ。俺たちが相手にするのは人間だからさ。……ところで田中、他に聞きたいことがあるんじゃないか？」

「？」

「夢酔い」

「あ」

すっかり忘れていた。

「ユメヨイ？」

首を傾げる秋名に、体験しないとわかりにくいかもしれないと思いつつ、調査から目覚めた時の感覚を説明すると、

「どゆこと？」

案の定上手く伝わらなかった。すると加瀬さんが、

「俺の視力には左右差がある」

　そう言ってふっと右手で右目を隠した。

「——左目のほうが視力が弱い。あそこのカレンダーを両目で見ている時は文字が全部読めるが、こうして右目を隠して左目だけで見ると小さい文字がぼやけて読めなくなる。あと、視界全体の色味が微妙に青っぽくなる」

「それって、両目で見ると色はどうなるんですか？」

　僕が聞くと、

「右目で見る色に補正される」

　手を離し、加瀬さんは秋名と僕を交互に見て、尋ねた。

「二人に質問。俺の右目を通して見た世界と左目を通して見た世界、どっちが正しいと思う？」

　難しい問題だ。考え込む僕の横で、秋名が「右！」と即答する。

「半分正解だ。田中はどう思う？」

「両方、正しく、ない……？」

「うん。あるいは、両方正しいんだと思う。同じ物を見ても目の物理的な機能差によって情報処理に差が出て、結果、見え方に違いが発生する。これは人と人の間でも同じことが言える。俺たち三人が全く同じ物を見ても、秋名に見える世界と、田中に見える世界と、俺に見える世界は少しずつ違っている。それぞれ持っている目が違うからだ。俺たちは同じ世界を見ているようで全く同じようには見えていない。今は視覚を例にしたけど、視覚だけじゃなく、触覚や聴覚、味覚……他の身体の物理的な機能差や、その時の精神状態なんかによっても、物の捉え方、解釈の仕方は変わってくる。そして、夢は少なからず現実の欠片で構成されているから、夢には少なからず夢主の現実に対する解釈の仕方が反映される。味覚や色が消えたりと、現実と違うこともちろんあるけどな。夢主の夢に入るということは、夢主が普段感じ取っている世界を追体験することにも近いんだと思う。そしてそれは普段調査員が感知する世界と似ている。似ている分、他人の感覚に乗っているというよりはむしろ、自分の感覚が狂ったように感じられて不安定な状態になる。これが夢酔いだ」

「それって起きた時ちゃんと元に戻るんですか？」

秋名の問いに加瀬さんが答える。

「戻る。起きた時に自然と夢の中にいる時の感覚が抜けて、自分の感覚を取り戻す。必ず元に戻るから大丈夫だ。何か、強めの刺激を入れると、それを解釈しようと細胞や神経が活性化して戻りも早くなる」

「はい。あ、それで羊羹を……」

何故起き抜けに羊羹を、と不思議だったが今ようやく腑に落ちた。

「ようかん？」

秋名が怪訝な顔をする。

「係長が差し入れしてくれたんだ。秋名にもあるよ。先に渡しとくかな……」

加瀬さんが秋名に羊羹を渡している間、僕はこっそり膝の上で右手を閉じ、開いて、指先に触れる空気の感触を確かめた——調査直後は、僕は今自分の身体で以て確かに空気に触れているという実感が全身に満ち満ちていたが、今はもうそれに慣れ過ぎて空気の感触なんて感じない。

この先も調査から目覚める度、あの鮮烈な感覚を味わうことができるのだろうか。

7

それにしても。さて、どうしたものだろう。

一度目の調査から二日後。

夜に二度目の調査を控えた僕はどう動くべきか決めかねていた。小嶋さんの不調の原因は失恋にあり、彼の願いは別れた彼女と復縁することらしい。すると、僕がすべきことは別れた原因の把握、そして、二人の仲を取り持つこと……なのだろうか。

加瀬さんは、いい機会だから自分で考えて思った通りにやってみろと言う。

でも、そもそも自分があまり恋愛をしていない。恋愛経験の少ない僕に他人の恋愛を成就させることなんてできるだろうか。いや、そもそも他人の恋愛に手や口を出すことは野暮なような気がして抵抗がある。

どうしよう。小嶋さんを励ます？　本当にそれがやるべきことか？　違う気がする。かといって他に何も思い浮かばない……。

悶々(もんもん)と考え込んでいたからだろう。

「――なか！　田中！　早く食べなよ。昼休み終わっちゃうよ？」

食堂で同期たちと昼食を済ませて自席に戻ってきた秋名に声を掛けられてもなかなか気が付かなかった。

「ああ、うん」

僕がおにぎりを頬張ると、彼女は引き出しから歯ブラシを取り出しながら言った。

「ねえ、いいこと教えてあげようか」

「今日の調査のこと考えてるから後で――」

秋名がぽん、と手を鳴らす。

「それ！　ね、聞いて。小嶋さん、最初から鈴城さんと付き合っていないらしいよ」

「……！」

おにぎりがグッと喉に詰まった。どんどんと胸を叩き、お茶で無理矢理流し込む。やっとのことで詰まっていたものを飲み込んだ時には目に涙が滲んでいた。

「え、待って。どういうこと？」

秋名は訳知り顔で人差し指を自らの顎に添えた。

「確かに一度、共通の知り合いの紹介で二人っきりでご飯を食べに行ったことはあるんだって。でもね、会ったのって、その一回だけなの。一回ご飯食べただけで小嶋さんは自分たちが付き合ったたって、思い込んでるっぽい」

俄かには信じ難(がた)い話だった。僕はおにぎりを置き、尋ねた。

「――どうしてそれを知っているの？」

「鈴城小百合(さゆり)の妹に聞いた。妹、友達だから。ていうか、小嶋さんヤバくない？　ご飯に行った次の日から鈴城さんをデートに誘いまくって、鈴城さんも最初は気を遣いながらやんわり断ってたらしいんだけど、あんまりしつこいから先週、あなたと付き合うことは百パーセント無いのでもう二度と連絡をしてこないでください、ってきっぱり伝えたんだって。それから休みだしたっぽいよ」

言うだけ言うと、秋名は歯ブラシ片手にさっさとどこかに行ってしまった。

残された僕は、ただ呆然(ぼうぜん)とするしかなかった。

急転直下。秋名の情報が本当だとすれば、小嶋さんの恋を成就させることは最初から不可能ではないか。僕は今夜調査に行って一体何をすればいいんだ？

午後、加瀬さんに相談しようとしたが今日に限って電話対応や窓口対応でバタバタとして捕まらない。定時になり、やっと相談できると思ったら今度は会議でいなくなってしまった。考えがまとまらないまま、時計の針が進んでいく。

そして、あっという間に調査の時間が来てしまった。

「田中、調査行くぞ」

「加瀬さん」

暗い廊下を先立って歩く加瀬さんに僕は追いすがった。

「どうした」

「あの、やめません？　この調査」

「どうして」

「小嶋さん、そもそも鈴城さんと付き合っていなかったようなんです。だから、今僕が行っても……」

　加瀬さんにひたと見据えられ、言葉が段々と尻すぼみになっていった。

「――いいか。調査を中止するのは、申請者から調査の取り下げ申請があった時だけだ。余程のことがない限り、勝手に中断することはできない」

「でも……」

「でも？」

「いえ、何でもないです」

　調査室の布団で仰向けになる段になっても、何の策も浮かばなかった。

　電気が消える。

　ほとんど同時に加瀬さんの気配が消え、暗闇の中で僕は一人きりになった。一呼吸置き、覚悟の決まらないまま目を瞑ると、下へ下へと引き摺（ひず）り込まれていくあの独特の感覚があった。

＊

　いつの間にか、僕は前回と同じような浜辺に立っていた。

前回と違って今度はそれが小嶋さんの夢の中だとすぐにわかった。全身を覆うような鈍い違和感も、それが小嶋さんとの感覚差から派生するものだと思うと前回よりは受け入れやすかった。小嶋さんは波打ち際でじっと体育座りをして遠くを見つめていた。その広い背中からは哀愁が漂っている。

近づいていくと、小嶋さんが気付いて僕を手招きしながら立ち上がった。

「やあ、田中君。待っていたよ。この前は話が途中だったからね」

加瀬さんがそっと離れて行く。

僕は小嶋さんと連れ立って無人の浜辺を歩いた。

「オレが思うに、鈴城さんはちょっとシャイなところがあるんだ。あの女(ひと)はね――」

小嶋さんが熱っぽく早口でまくし立てるのを聞いていると言いたいことが溢れてきたが考えがまとまらず、僕はただひたすら頷きながら解決の糸口を探した。

しばらくすると小嶋さんはお菓子で山盛りのちゃぶ台を出現させ、僕に座るよう促した。

「オレは！」

小嶋さんが机に突っ伏して拳で天板を叩く。

「鈴城さんが！　運命の人だと！　信じていたんだ!!」

一言毎にちゃぶ台を叩く。ガシャガシャとティーポットとカップが擦れて紅茶が零れた。ほんの一時の世界ではあるが、僕はハンカチで天板の紅茶を拭きとった。

「鈴城小百合。なんて美しい響き、なんて美しい名前だろう。田中君もそう思うだろう？　可憐な姿、麗しい瞳、そして心もとても美しい人なんだ。一時でも彼女の恋人であれたこと、光栄に思う……」

小嶋さんが号泣する。むしろ僕が泣きたい。

「……はい、あの、どうぞ」

他に為す術がなく紅茶を注ぎ足すと、小嶋さんが酒を呷るようにぐっと飲み干した。

「悪いね……味はしないけどね、沁みるよ。オレは今、田中君の心遣いを飲んでいる！　ありがとう、田中君！　ありがとう!!　田中君に乾杯！」

泣きながら握手を求められ、片手では失礼かと思い左手を添えると、がっちりと両手で摑み返された。そうかと思うと、小嶋さんはぱっと僕の手を振り払い、海に向かって脱兎のごとく駆け出した。

「ちょっと……！　待って、小嶋さん！　ダメです！」

入水か？　夢の中で死んだら人はどうなるんだろう。

追いかけようにも砂に足を取られ、思うように走れない。小嶋さんは驚異的な速さで海に突入し、膝まで水に浸かったところで立ち止まり、沖へ向かって叫んだ。

「さゆりいいいいいいいいい！」

ざっぱーん、と荒波が砕ける。

「さゆりいいいいいいいいいい！」

なんだこの状況は。

「お前が好きだあああああああああああああああ！」

絶叫する小嶋さんの背中を波打ち際から眺めながら、僕は立ち尽くした。

——手に負えない。

どんどんカオスになっていく。この調査に終わりはあるのだろうか。僕は一体何をどうすればいいんだろうか。いっそ真実を告げて目を覚まさせる？　でもこんな小嶋さんに、そもそも付き合っていないとか一種の死刑宣告ではないか。

視線で助けを求めると、加瀬さんは遠くで魚釣りに興じていた。

加瀬さん、助けてくださいよ。僕は心の中で呼びかけた。いざという時は助けてくれる、って言ったじゃないですか。

誰か助けてくれ。

＊

その日の午後。

「お疲れさまです」

疲弊し切って出勤すると、隣の席に見慣れない大きな人影があった。

あれ？　誰だろう。と思ったのも束の間、その人物はくるりと椅子を半転させた。

そしてその顔を見て、僕は啞然とした。

「やぁ、田中君！　今日からよろしくね！」

茶色っぽい癖毛にぱっちりとした二重の目。ほんのりと赤い頬。

小嶋さんだ。

彼は人懐こい笑みを浮かべ、呆然としている僕の肩を、ぽんぽん、と肉厚な手で親し気に叩いたかと思うと、来客に気付いたらしく勢いよく立ち上がってずんずんと窓口カウンターに歩いて行った。

……元、気、そうだ。

夢か？　僕は今、夢を見ているのだろうか。

直後、加瀬さんが出勤してきて、窓口対応をしている小嶋さんを見ても特に驚く様子もなく、自席に鞄を置きながら言った。

「やったな、田中。小嶋さん復活だ」

「はい……でも」

僕は呆気に取られてもう一度小嶋さんを見た。

小嶋さんは笑顔で生き生きと窓口対応をしている。状況に理解が追いつかない。

「僕、あの、何て言うか……何もできなかったんですけど……」

「いや」

加瀬さんがにやりとした。

「田中は自分では気付いていないかもしれないけれど、調査一発目にして一番大切なことをやったんだよ」

「何ですか」

「聞く」

「聞く？　はい、お聞きしたいです。教えてください」

「そうじゃなくて。聞く。話を聞くこと、そのもの」

狐に化かされたような気分だった。

「だってそんなこと……」

「そんなこと当たり前だ、って思うか？」

　加瀬さんは大真面目だった。

「でもこれが意外とできないんだ。人の話を聞いていると、つい口を挟みたくなる。何か手を加えなければならないような気持ちになる。もちろんそれが必要な時もある。でもな、十中八九そうじゃないんだ。溜まっているものを気が済むまで吐き出させること。胸の中を空っぽにすること。まずはこれが一番大事」

　そして、表情を和らげた。

「この仕事をやってるとわかってくるけどな。人間ってのは不思議なもんで、誰かにじっくりと話を聞いてもらうだけで解決することもあるんだよ」


　夕暮れの帰り道。

　街が段々と橙(だいだい)と藍色に染まっていく。

　昼と夜の狭間(はざま)を渡るように往来を行き来する人々。

　一日が終わっていく安心感とどこかもの寂しさの入り混じった緩慢な空気。

『……聞く。話を聞くことそのもの』

真っ直ぐ家には帰りたくなくて、僕は足の赴くまま知らない道をぽたぽた歩いた。

歩きながら、僕はほとんど無意識に加瀬さんの話を反芻していた。

『……聞く。話を聞くことそのもの』

『田中は自分では気付いていないかもしれないけれど、調査一発目にして一番大切なことをやったんだよ』

──きく。きくこと……。

どのくらい歩いただろう。

ぼんやりと道を曲がると、不意に既視感のある二階建ての家が正面に現れて、僕は思わずはっとして立ち止まった。

夕陽に光る赤い屋根。

真四角の白い壁。

玄関の丸いドアノブ。

……僕が昔通い詰めていた祖父母の家──つまり、叔父の家──にそっくりだ。

その家を見ていると、

『君の話が聞きたい』

実際に聞いた訳ではない、人伝に聞いた叔父の最期の言葉が頭の中で響いた。

雲がかかって夕陽が翳る。

すると、魔法が解けるみたいにあっという間にその家は鮮やかな色味を失った。

赤い屋根はくすみ、白い壁は塗装が剝げかけてひび割れ、あちこち蔦が這っている。

なんてことはない。それはただの廃家で。遅れて、僕は自分が廃家が並ぶひと気のない隘路に迷い込んでいることに気が付いた。

来た道を引き返し、アパートを目指して歩き出す。

家に着く頃には夕陽が空から溶け落ちて、街全体が夜に傾いていった。


奇しくもその日の夜、僕が台所で夕飯のうどんを煮ていると祖母から電話が入った。

〝実の脚本が見つかったわよ！〟

開口一番、祖母は言った。

「ごめん、何て？」

〝押入れを片付けていたらね、実のね、脚本が見つかったのよ！〟

祖母の弾むような声の調子と言葉の内容のギャップに理解が遅れたが、どうやら、家の整理をしていたら叔父が書いた脚本の原稿が出てきたということらしい。

「……」

机に向かう叔父の後ろ姿がぼんやりと脳裏に浮かぶ。

〝？　優太？　聞こえてる？〟

祖母の声に僕ははっとした。祖母はこの報せが孫に喜びを齎すものだと信じているようだった。僕は何とか言葉を絞り出した。

「うん。――見つかってよかったね」

〝ね。本当に。こういうのは、どこに送ればいいのかねぇ？〟

「送る？」

電話口で聞き返すと、祖母は熱に浮かされたように言った。

〝実の夢が叶うかもしれないでしょう？　どの映画会社に送ればいいのかねぇ？　どこがいいと思う？　優ちゃんならそういうの、詳しいでしょう？〟

祖母の使命感を帯びた口調に、頭の中が真っ白になる。一瞬の後、菜箸を握りしめたまま突っ立っている自分に気付き、僕は何とか言葉を紡いだ。

「えっと……ねぇ、おばあちゃん。作者が――……作者と連絡が取れない状態で作品だけ送られてきても、受け取った側は困ると思うよ」

〝でも実が一生懸命――〟

「そのままでは使えないんだよ」

僕は祖母を遮った。

「映画は色んな人と打ち合わせをして脚本を修正しながら作るんだから」

僕も実際のことを知っている訳ではなくて、でも確か叔父がそんなことを言っていたと思う。

〝そういうものなのかしらねぇ……〟

祖母は明らかに意気消沈していたが、

「うん。そういうものなんだよ」

僕は強引に言い切った。

〝……〟

「……」

〝……優ちゃん、いる？〟

「え」

予想外の祖母の言葉に僕は凍り付いた。

〝そうね、そうよ。それがいいわ。送るわね。実は優ちゃんのことを可愛がっていた

し、優ちゃんに持っていってほしいのよ〝

「待って、それはちょっと……」

僕は反射的にコンロの火を止めた——瞬間、ものすごい勢いで鍋の中身が暴れ出し、気泡で膨れ上がった液体がジュワジュワッと鍋を焦がしながらコンロの上にぶち撒かれた。火を止めるつもりが誤って強火にしてしまったらしい。慌てて火を消し、菜箸を流しに放り、タオルを探している間に、祖母が言った。

〝ね、送るわね。あの子の大切なものだもの。持っていってちょうだいね〝

「あ、おばあちゃん」僕は焦った「待って——」

しかし、言い終える前に電話が切れた。

翌々日、祖母から二つの段ボール箱が届いた。

【お菓子】と銘打たれた一つ目の箱には僕が昔好きだった砂糖を塗したゼリー菓子や駄菓子のスナックが入っていて、見た瞬間ああ懐かしいと思い、次の瞬間、好物を覚えてくれていた祖母の愛情の温かさと、ああずっと会っていないから祖母の中で僕はあの頃のままなのだという罪悪感がぐちゃぐちゃに入り混じった。

もう一つの段ボール箱は、開けることができなかった。

叔父が血心を注ぎ込んで創った、そして、この先決して日の目を見ることのない脚本。僕にはそれが入った箱がまるで、死体の入った棺桶（かんおけ）みたいに重たく感じられた。開けられず、けれど捨てることもできず、僕はその箱を押入れの一番奥に仕舞い込んだ。

——その日、僕は久しぶりに夢を見た。

今はもう遠い日常の、その一欠片の夢を。

第二章

これからきっと素敵なことが起こる。

そんな予感で胸を満たしてくれるわくわくの発信源が僕の生まれ育った街にはあった。青空にも曇り空にも、どんな空にも鮮やかに映える赤い屋根の叔父の家だ。玄関の呼び鈴を押すとドアからひょっこりと顔を出した祖父や祖母が、『実なら部屋にいるよ』そう言って僕を家の中に招き入れてくれ、僕はいそいそとわくわくの発信源へと続く階段を上がるのだ。

板張りの階段を上がってすぐ左手の部屋。

ドアの前に立ち、

『叔父さん、来たよ』

飴色（あめいろ）のドアをノックすると、合言葉みたいに中から声が返ってくる。

『おう、入っていいぞ』

扉を開いて、紙とインクの匂いと共に現れるのは、六畳間の壁のほとんど全てが本で埋め尽くされた叔父の部屋だ。

部屋の奥、濃紺の分厚いカーテンがかかった小窓の前には机と椅子が一組。

椅子ごとくるりと振り向いた叔父が——叔父は映画の脚本家を目指していて、家にいる時はほとんど机に向かっていた——僕に向かって、『よ』と朗らかに片手を挙げる。

叔父の部屋でゆったりと過ごす時間が、好きだった。

周りをぐるりと取り囲む本棚を、そこにずらりと美しく並ぶ古今東西の本を見上げ、たくさんの本の中からじっくりと慎重に一冊を選び出し、僕の指定席、ふかっとした古い革張りのソファにとっぷりと身を沈めて叔父がキーボードを叩く音をＢＧＭに自分のペースで物語のページを捲る時間が、読んだ本の感想を叔父と語り合ったり、他愛ない話をする、その時間が。

『ねぇ、叔父さん。幸せってかなしいの？』

小学四年生のある日、文庫本片手に僕は叔父に尋ねた。

日曜日の午後だったと思う。叔父の部屋のふかふかのソファの上で一つの物語を読み終えてしばらく経った時のことだった。タイピングの音が止み、叔父の纏う空気がどことなく緩んで集中力が切れたと思われるタイミングで僕は声を掛けた。

『幸せ？』

それまでパソコンに向かっていた叔父はキーボードから手を離し、椅子を回転させてこちらに向き直った。そして、ふわふわと目にかかった前髪を無造作に振り払い僕の手元を見ると、お、と目を細めた。

『宮沢賢治（みやざわけんじ）の〝銀河鉄道の夜〟を読んだのか。……そうだな。その話には幸せ、とか、幸福、幸い、という言葉が繰り返し出てくるな』

〝銀河鉄道の夜〟は、主人公の男の子が銀河を走る列車に乗って、亡くなった親友と共に夜の旅をするお話だ。

僕は頷いた。

『うん。幸せって本当はかなしいの？』

『哀（かな）しく感じたか』

『うん』

主人公の親友は、川に落ちたいじめっ子を助けて死んだ。途中乗車してきた青年たちは、海難事故で救助ボートを他人に譲って死んだ。銀河鉄道の乗客は皆優しくて、他人の幸せを切に願っていた。でも、幸せ、とか、幸福、幸い、という言葉が何度も何度も出てきているのに、物語は優しさで溢れているのに、ほっこりと幸せそうな人が、登場人物の中には一人もいない。

僕はずっと、幸せは明るさの中にあるものだと思っていた。それなのに、この人は、宮沢賢治は暗闇の中で、夜と死の世界で、一生懸命に幸せを描こうとして泣いている。そんな気がした。

『そうだなぁ……』

深く考える時の癖で、叔父は椅子の上でゆるりと胡坐をかき、中空を見つめた。

物語についてわからないことを質問すると、叔父はいつも答えはくれない。その代わり、僕が自力で考えるためのヒントをくれる。それは作品が書かれた時代背景の情報だったり、関連本の紹介だったり、角度を変えて物事を見るためのの質問だったりした。しばらく経って、叔父はぽつりと呟いた。

『……〝世界がぜんたい幸福にならないうちは個人の幸福はあり得ない〟』

『セカイがぜんたい幸福にならないうちはコジンの幸福はありえない』

僕が復唱すると、叔父はふっと微笑んだ。

『ウン。別の本に出てくる宮沢賢治の言葉だよ。俺はこの言葉に宮沢賢治の心が、祈りが、ぎゅっと凝縮されているように思う。……この言葉の中に優太の疑問を解くヒントがあるんじゃないかな』

『セカイがぜんたい幸福にならないうちはコジンの幸福はありえない……』僕はもう

一度復唱し、それから首を傾げた。『……なんか普通だね』

『普通だと思うか』

『うん。だってそれってさ、皆が幸せじゃないと、誰も幸せじゃないって意味でしょ？』

それには答えず、叔父はじっと僕を見つめている。

僕は、何か変なことを言っただろうか。

『？　かなしい思いをしている人がいたら、かなしくない？　……ああ、でもそっか。この話は、どんなに願っても皆が幸せになれないから、かなしいんだ』

顔を上げて尋ねると同時に、身体の重心がふわっと崩れて世界が揺れた。いつの間にか立ち上がっていた叔父が僕の隣に腰掛けたのだ。その重みにソファがぐっと沈み、沈んだ拍子にきしりと泣いた。

叔父が僕の頭を撫でた。

『叔父さん？』

突然のことに戸惑っていると、

『そのままでいてほしい』

叔父はそっと手を離し、尊いものを見るような眼差(まなざ)しで僕を見つめて言った。

『それが普通だと迷いなく言える、優太のままで』

1

「秋名、窓口長いですね。もう一時間近く話してるんじゃないですか」

カウンターでは気の強そうな四十歳前後と思われる女性が顔の前で手を組み、細い眉を八の字にして早口で何やら懸命に話していて、秋名がそれにふんふんと熱心に聞き入っている。

「ああ、そうだな」

加瀬さんが頷く。

「大丈夫ですかね……」

「大丈夫だろ、あの様子なら」

二人の女性は意気投合したのか、時折笑い声を上げながら「ヤバいですねそれ」「あり得ないでしょ?」「めっちゃわかりますー!」と大いに盛り上がっている。

「田中も秋名も随分慣れてきたな」

加瀬さんがしみじみと言う。

「おかげさまで」

入庁から一か月半が経ち、僕は小嶋さんの夢調査の他に加瀬さんと組んで二人、秋名は林田さんと組んで三人の調査を経験し、それぞれに夢調査係の仕事に慣れ始めていた。

ブラインドの隙間から差し込む午後の光が蛍光灯の白い光と溶け合って事務室はどことなく気怠い。五月の青々とした風が気まぐれにブラインドを揺らし、停滞した空気を颯々とかき混ぜる。

ちらりと時計を見る。午後三時。

秋名が窓口対応を終える気配はない。僕はパソコンを閉じ、立ち上がった。

「布団を取り込んで来ます」

この日はよく晴れていたため、秋名と僕で朝一番に調査室の布団やシーツを屋上に干していた。そろそろ取り込まなければ布団が湿気を吸ってしまう。

「一人じゃダメだ。あと十分待って秋名が終わらなかったら俺が一緒に行く」

「あ！　そうでしたね」

他人の夢に入ることは、人の心の無防備で柔らかい部分に入って行くことに似ている一種強烈な権限だ。職員が職権を乱用して私用で他人の夢に入ることを防止するため、調査室への単独入室は法令で禁止されている。そのため、調査室の鍵は夢調査係の事務室に保管されているが、調査室の手前にある調査準備室の鍵は守衛室に預けてあり、夢調査係の職員が二人以上揃わなければ守衛室で調査準備室の鍵は貸し出さないことになっている。

五分ほどして、

「それじゃ、秋名さん。お願いしますね」

「任せてください！」

カウンターで明るい声が交わされ、秋名が申請書と添付物である写真を手に意気揚々と戻ってきた。

「おまたせ〜、田中、布団取り込みに行くよ！」

秋名も干しっぱなしの布団を気にしていたらしい。

「うん、行こう」

僕は備え付けの金庫を開錠し、調査室の鍵をポケットに入れた。

二人で守衛室へ行き、屋上と調査準備室の鍵、台車を借りてエレベーターに乗り込む。【閉】と【⑫】のボタンを押すと、ゴウン、ゴウン、と音を立ててエレベーターが一階、二階、三階……と上昇していく。

二人きりの密閉空間が何となく気詰まりで、僕は台車の持ち手を握り直して言った。

秋名は枝毛のチェックをしているのか、人差し指に巻き付けた茶色い髪の毛先を寄り目で睨(にら)みつけている。

「そ？」

「窓口長かったね」

「何の話をしてたの？」

「んー？ なんかさぁ、さっきの人、小二の子どもがいて、その子、ずーっと友達がいないっぽいんだよねー。沖野(おきの)さんが言うには、あ、沖野さんっていうんだけど。その子は学校でいじめられてるわけでもないみたいだけど、最近暗くなった気がするんだって」

「それじゃ今日はお子さんの夢調査申請に来たんだ」

「うん。まあ、申請自体はすぐ終わって、後半はほぼ旦那の愚痴だったけどね」

「愚痴……」

それであんなに盛り上がっていたのか。それにしても一時間は長い。

「そうそう。なーんかね、友人夫婦が最近引っ越しちゃって、気軽に愚痴を言える人がいないんだって」

「へぇ」

チン、と音がして最上階である十二階に着いた。そこから先は歩きだ。

僕は人通りの邪魔にならないよう廊下の端を選んで台車を押した。

十二階には街を展望できる食堂があり、昼前後は混んでいるが、営業終了後の食堂のロビーは閑散としていた。つるつるの廊下の上を台車を押し、大会議室の前を通り過ぎ、屋上へと続く非常階段の手前で台車を端に寄せ、階段を上がる。屋上で太陽光をたっぷりと吸い込んだ布団とシーツを回収し、さっと畳んで台車に載せて元来た道を引き返す。

エレベーターは地下一階までしか通っていないため、地下一階から先は台車が使えない。階段を往復し、地下二階の調査準備室にシーツと布団を積み下ろす。

調査準備室で棚にシーツを仕舞っていると、コンコン、と丁寧なノックの音が響いた。人が入ってくると思い秋名も僕も手を止めたが、ドアの向こうはしんとしている。

「？　どうぞ！」

秋名が言うと、

「失礼します」

一拍置いて、まるで面接に臨む就活生のように林田さんが入ってきた。

皺一つない白いブラウスにバレッタで几帳面（きちょうめん）に束ねられた黒い髪――その髪型は

毎日一ミリも変わらないように見える。彼女は黒いタイトスカートの前で両手の指先を揃えると、僕たちに向き直り、重々しく口を開いた。

「秋名さん、田中君。今、少しお話をさせていただいてもよろしいでしょうか」

その改まった様子に、僕は背筋を伸ばした。

「はい。お願いします」

「あの、お二人にお願いがあるのですが……」

林田さんは言い淀み、積み上げられた干したてのシーツを一つ手に取ると、僕たちの前に丁寧に提示した。——何の変哲もないごく普通の白いシーツ。

何がどうしたのだろう。

秋名もわからないようできょとんとしている。林田さんは僕たちの反応を確認した後、小さく息を吸い込むと、まるで高台から飛び降りようとしているみたいに一瞬躊躇(ちゅうちょ)し、言った。

「大変申し上げにくいのですが、お布団のシーツと枕カバーにつきまして、ここ最近、皺、が、発生しております……こちらの箇所をご覧ください。いつもこのような皺が生じておりますので……できればもう少し丁寧に干したり畳んだりしていただきますよう、お願いいたします！」

そして四十五度の角度できっちりと頭を下げた。

……言われてみればところどころ皺ができている。

林田さんがすっと顔を上げ、姿勢を正した。

「恐らくですね、干す時がポイントなんです。干す時に端までピンと伸ばしたり、畳む時に角と角を丁寧に合わせるということを徹底していただくことで、ある程度の皺は防げると思います」

「はい。すみません……。次から気をつけます」

僕が言うと、林田さんが恐縮したようにまた頭を下げた。

「ごめんなさいね。せっかく干していただいているのに、細かいことを言ってしまって……」

「いえ、ご指摘いただきありがとうございます。仕事道具は綺麗に手入れをするべきだと思います。今後気をつけます」

林田さんは最後にもう一度深くお辞儀をすると、申し訳なさそうに部屋を出て行った。直後、秋名が舌打ちをして先ほど林田さんが見本にしたシーツを床に放った。

「おい」

「だってやり直せってことでしょ」

「そんなことは言ってなかったよ。次から綺麗にすればいいんだよ。あーあ……」

シーツを拾い上げ、ぱんぱんと埃をはたき落とす。よし、汚れていない。しかし一度床に着いてしまったものなので、自分が調査に行く時に使おうと個人用ロッカーに片付ける。

秋名が他のシーツを棚に仕舞いながらむすっと言う。

「ねえ、知ってる？」

僕は少しげんなりした。ねえ、知ってる？　から始まる秋名の話は大体が他人の噂話だ。小嶋さんの調査の時にはとても助けられたが、基本的に噂話は好きじゃない。

「んー」

気のない返事をしてみせたが、秋名は構わず続けた。

「林田さん。あの人、家ではシーツに糊付けとアイロン掛けまでしてるらしいよ。ありえなくない？」

一体、どこからそんな情報を……。

呆れていると、秋名が突如、あああああああ、と唸った。

「何」

「こんなちょっとの皺、どぉぉぉぉッでもよくない!?　何なの、あの人！　どうせ寝たら鬱になるっつーの。……林田さんってさぁ、神経質だよね？　昔鬱になって休職してたことがあるらしいんだけど、それも頷けるっていうか。今でも夜眠れなくて睡眠薬とか飲んでるらしいよ」

僕は秋名と目を合わさずに曖昧に首を傾げ、調査室の鍵を開けて「布団ちょうだい」と彼女に告げた。秋名は鼻からふんと大きなため息を吐いて屈み込むと、両手で布団を抱いて僕にぎゅっと押し付けるように寄越した。

「ありがとう」

僕はそれを調査室の押入れの中へと運んだ。そうやって二人で布団をどんどん片付けていった。

秋名は今のところ林田さんとペアを組んでいる。最初から二人の相性はあまり良くなさそうだったけれど、最近は顕著だ。大らかな秋名に対し、林田さんはかなり繊細で、大抵の人が気にならないようなちょっとしたことが気に掛かってしまうきらいがある。秋名はそんな林田さんへの不満をちょこちょこ僕に零す。

その度に僕はそれを流し、その場をやり過ごしている。

2

その日の夕方、

「秋名さん、田中君。ちょっといいですか」

花畑係長に呼ばれて二人で机の前に並ぶと、係長は丸眼鏡をくいと持ち上げた。

「どうですか。仕事には慣れてきましたか」

白髪交じりの髪がちょうど赤い夕陽に染まり、それがおっとりとした所作と相俟って係長は仏のような空気を醸し出している。

「はい！　もうバッチリです！」

秋名が元気よく答えた。

「田中君は？」

「おかげさまでようやく慣れてきました。調査のほうはまだまだですが……」

係長が鷹揚（おうよう）に頷く。

「今年の四月は例年よりも申請が多く、その分調査の間隔も狭く、慣れない中で二人とも大変だったかと思います。調査についても、二人とも一生懸命やってくれていると林田さんや加瀬君から聞いていますよ」

そして微笑み、手にしている申請書に目を落とした。昼間秋名が受けたものだ。

「さて、今回の夢主は小学生——柔らかい心の持ち主です」

花畑係長は柔和な眼差しを僕たちに向けた。

「この子の調査は、比較的年齢の近い君たち二人にお任せします」

——秋名とペア？

僕は俄かに不安になったが、

「はーい。がんばりまーす」

秋名は呑気だ。

直感だが、大人よりも子どもの夢調査のほうが難易度が高い気がする。大人と子どもでは心の在り方というか、質のようなものが違うだろうし、新人二人での初めての調査となるので心配だったが、遅れて僕も、はい、と返事をした。

翌日の午後八時半。

「ねえ、田中って、小嶋さん以外ではどんな夢主の調査に行ったの？」

更衣室に入って間もなく、壁の向こう側から秋名のくぐもった声がした。

毎晩必ず午後九時に就寝するという夢主に合わせて、各々寝間着に着替えている時のことだった。

「四、五十代の女性二人」

上着を脱ぎ、ハンガーに掛けながら答える。

「ああ、そうだった。田中っておばさん受け良さそうだもんね。その無害な感じ。ていうか、聞いて。私なんか三連続でヤンキー」

「本当に？　そんなことってある？」

「そう。初っ端からヤンキー三連続。ヤバくない？」

「うん。どう対処したの？」

「色々話聞いて、色々話した。アイツら、話せばわかるんだよ。根は悪い奴らじゃないからさぁ」

秋名の、アイツら、にはどこか親し気な響きがあった。ジャージに着替え更衣室から出ると、やや遅れて隣の更衣室の扉がぱたんと開き、僕は、ああ、と妙に納得してしまった。

着替えで乱れた茶髪をかったるそうに手櫛で梳きながら出てきた秋名の寝間着は灰色のだぼっとしたスウェットで、その姿は深夜のコンビニで屯しているヤンキーそのものだった。彼女は小ぶりのテーブルに手を伸ばし、今回の夢主となる小学二年生の女の子の写真をぺらっと手に取った。

「——ま、アイツらに比べたら女の子なんて楽勝でしょ」

僕も写真を見た。四角く切り取られた空間の中に佇む少女の円らな瞳が見つめ返してくる。秋名は写真を伏せ、洗面台の前に立つと、見開いた瞳に指先を触れた。

「えっ？　何してるの？」

ギョッとして尋ねると、秋名は何てことないように言った。

「何って。コンタクト外してるだけだけど。え、つーか、何？　田中って裸眼なの？」

「うん。視力左右とも1ある」

大学三年生の時までは1・5あったのだが、卒論を書いている時に一気に低下してしまった。

「マジか。いーな。……コレさ、外さないで寝ると目がカッピカピになるんだよね」

瞳から離した秋名の指先に黒い輪のあるレンズがくっついてくる。黒目を強調するタイプのコンタクトのようだ。

僕はロッカーからバスタオルと昨日秋名が床に放ったシーツを取り出した。加瀬さんのバスタオル枕を家で真似てみたら首がとても楽で、以来僕はバスタオル枕派になっていた。

ふと思い出し、僕は調査室の鍵を開けながら秋名に言った。

「——そういえば加瀬さんが二人で何か困ったことがあったらすぐに連絡して来い、って言ってくれたよ。夜中でも何時でもいいって。今日は様子見だからそんなに困ったことにはならないとは思うけど」

因みに加瀬さんは研修で今日から三日間不在にしている。秋名と僕が組んで当たる初めての調査ということもあり、初回は夢主の為人を探るようにと、そのために敢えて何もしないことを大切にするようにとも、僕たちに指示を残していってくれた。

「りょーかい」

秋名は押入れから布団を引き出し、シーツを敷くと大の字になってうんと手足を伸ばした。僕は自分の布団をセットした後、床框に添付物である写真を置き、秋名に背中を向けるように横向きで寝転がった。

「てか、そろそろ時間じゃね？」

「そうだね」

「田中、電気消して」

言いながら秋名がくるりとうつ伏せになった。

「――うつ伏せで寝るの？」

「癖なんだよね。おっぱい潰れるけど。楽っていうか。うつ伏せじゃないと眠れない」

「へえ、そうなんだ」

他にどうコメントしていいかわからず、僕は蛍光灯の紐を摑んだ。

「おやすみ」

そして、電気を消した。

*

目を開いた時、景色があまりにちかちかするので、何度も目を瞬いた。

僕が立っているのは、小学校の校庭の大きな欅(けやき)の木陰だった。

降り注ぐ陽光に、白く光る校舎と窓。砂の乾いたグラウンドに、微風(そよかぜ)に揺れるサッカーゴールのネット、たくさんの樹木。ごく平凡な、なんてことのない景色のはずなのに、そこは色の一つ一つが生き生きと粒立った極彩色の世界だった。

清涼な風が吹いた。

ぱらぱらと音を立てて葉っぱが揺れる。ばらばらと光と影が落ちてくる。光の欠片に目を細めて見上げると、木の向こう側に眩しい青空がぐわっと広がっている。

姿の見えない児童たちの話し声や笑い声が、波間で揺れては消える無数の光のように透明な空気に揺蕩っている。

——誰かの夢に降りていくこと。

それは自分の身体から離脱して、夢主が感じている色、音、光の中に身体を浸していくことに似ている。何度やっても新鮮で、不思議な感覚だった。今回の夢に入ってまず思ったのは、夢主は相当目がいいのだろうということだった。こんなに色合いの鮮烈な夢は初めてだ。まるで色彩の海の中に飛び込んだみたいだった。

緑一つとっても種類が豊かだ。葉っぱの一枚一枚が多彩な明度と色味を伴って校庭のあちこちで爆ぜている。もしかすると、視力というよりは色に対する感度が僕のそれとは段違いなのかもしれない。

色彩の洪水に圧倒されていると、

「あ、いた」

隣で声がした。

化粧のせいだろうか。人工物が少ない景色の中で、秋名の顔だけが景色から不自然に浮き上がって見えた。鮮烈な風景に秋名は無反応だった。秋名の視線の先では女の子がしゃがみ込み、たくさんの色彩を溜め込んだ水溜まりを覗き込んでいた。

秋名は女の子に向かってずんずんと歩き出した。

「こんにちはー！　あなたが彩海ちゃんかなぁ？」

張り上げた声は無人の校庭に不思議な具合に響いた。その響きに呼応するように、女の子の足元で水鏡がふうっと揺れる。

彩海ちゃんは濁りのない目をぱっと秋名に向け、尋ねた。

「……おばさん、だれ？」

まるで刃物で一突きにされたように秋名が動きを止める。遅れて、秋名の顔に取って付けたような笑みがゆっくりと広がっていった。

あ、まずい。

瞬時にそう思った。僕は女性の機微には疎いほうだが、さすがに今のはまずいとわかる。彩海ちゃんの反応も早かった。自分の発言が秋名を不快にさせたと気が付いたのだろう。彩海ちゃんは落ち着きなく目を泳がせながらおずおずと立ち上がり、そわそわと肩を揺らし始めた。どうやら他者の気持ちに敏い。が、相手の機微を捉えた後の対処の術は持たないらしく、おろおろとしている。

　秋名は彩海ちゃんに視線を合わせるように中腰になった。

　気圧されたように半歩下がる彩海ちゃんに、秋名が猫なで声を出す。

「おじさんたちはね、彩海ちゃんとお友達を作る練習をするためにここに来たんだよ」

　さらっと僕もおじさんになってる……。

　――でもまあ、そんなものか。

　まだ周囲からは若い若いと言われるが、小学生のこの子からすると僕たちは既におじさんおばさんなのかもしれない。いや、そんなことよりも。

　初回はできるだけ何もせず夢主の様子を見ようという話だったはずだ。

「友達を作るっていうか――」

　僕がやんわりと軌道修正をしようとすると、秋名が言葉を被せてくる。

「さぁ、彩海ちゃん。お友達を作る練習をしようね。一人で自分の世界に閉じこもっていないで皆と仲良くしなくっちゃ」

「秋名、ストップ」

「じゃあ、まず、挨拶の練習からね！　挨拶は大事だから！」

「待ってったら」

「うるさい。黙って！」

強引に突っ走る秋名と、それを抑えようとする僕。ちぐはぐな僕らのやり取りに、彩海ちゃんは忙しなく瞳を行き来させた。不安そうだ。突然現れた知らない大人たちが自分を巡って揉め出したら不安にもなるだろう。たぶん今は夢主の前で主張をぶつけ合うべきではない。それに秋名の性格上、正面から言い合ったところで主張を折らないだろう。彩海ちゃんの話を聞くためには、まず秋名を黙らせないといけない。

僕は一旦黙って頭の中で秋名沈黙化作戦を練ることにした。

その間にも、秋名が切々と説いていく。

「人と人が出会って最初に相手に掛ける言葉はとても大切です。ちゃんとした挨拶ができないと、お友達はできません。まず、おはよう！　の練習をしよう。私がチェックしてあげるから。朝教室に入って行く時、皆に、おはよう、って言うでしょう？　あの挨拶はね、友達を作るための最初の一歩なんだよ？　明るく元気に自分から声を掛けるの。いい？　自分から動くんだよ。人から声を掛けてもらうのを待ってちゃ絶っ対にダメ！　じゃあ、いくよ！　明るく元気に！　サン、ハイ！」

彩海ちゃんが、おはよう！　と言うことを秋名は期待したらしいが、少女はじりじり後退ったただけだった。秋名は彩海ちゃんの細い肩を摑んだ。

「ほら、おはようって。言えるでしょう？　言ってみな」

彩海ちゃんが俯いてだんまりを決め込むと、秋名はため息を吐き、あからさまな作り笑顔をした。

「じゃ、……笑顔の練習をしよう。それくらいならできるでしょ？　ほら、にいっ、て歯出して。口角上げて。笑顔を作る時は、相手から上の歯と下の歯がそれぞれ八本ずつ見えるようにします」

怖い。

接客か何かの研修講師のようだ。彩海ちゃんはこれにも応えなかった。むしろ秋名が何かを言えば言うほど、心と口を固く閉ざしていくようだった。

「どうしてできないのかなぁ……？」

秋名は眉間に皺を寄せて考え込み、それから、ふっと明るい表情を作った。

「でもね、大丈夫。私の言う通りにすれば絶対にできるようになるから。心配ないよ。彩海ちゃんには特別に、友達を作るコツを教えてあげる！　ポイントはね、自分に自信を持つこと！　大きな声を出すこと！　そして、女の子の場合は、ぶっちゃけ見た目！　女の子って、見た目変えるだけでも周りの反応、けっこう、変わるから」

そして秋名は、いいこと考えた！　と手を打った。

「見た目から入ろう。可愛くなっちゃおう！　髪型も、メッシュとかラメとか入れちゃう？　うわ、懐かしー。小学生って今どんなファッション流行ってるんだろ。その地味な服、自分で選んでる？　お母さんに選んでもらってる？　もっと可愛い服を選ぶように私がお母さんに言っといてあげる。ファッション誌真似するだけでもけっこういけるよ。メイクも教えてあげる。あと彩海ちゃん、色白だから赤系の茶髪が似合うと思う。いきなり外見変えるの怖いと思うけど。でも、可愛くなれば自信もつくから。ね！」

どうやら秋名は打開策を見つけたと思っている。

彩海ちゃんの瞳がゆらりとこちらを向く。その目は戸惑い、明らかに助けを求めていた。考えがまとまらないまま僕は言った。

「秋名、違うんじゃないかな」

「何が」

「何がって……」

彩海ちゃんギャル化計画。上手くは言えないが、これでは彩海ちゃんが彩海ちゃんでなくなってしまう。まだこの子のことはよくわからないけれど、さっきから秋名が押し付けているのは秋名の理想であって、この子の理想ではない。

「何というか、一旦、彩海ちゃんの気持ちも聞いてみない？」

「じゃ、見てないで自分でやれば。はい、どうぞ～？」

秋名に背中を押され、彩海ちゃんの前に引き出された。

彩海ちゃんが円らな黒い瞳でじっと見上げてくる。ざわざわと木の葉が揺れ、その髪に、顔に、光の欠片が宝石のようにばらばらと降り注いだ。

僕はたじろいだ。子どもとこうして向き合うのは初めてかもしれない。まして小学生の女の子なんて扱いがわからない。どうしたらいいのかわからない。

「ほら、何もできないじゃん。どいて」

秋名が僕を押しのけ、再び彩海ちゃんの両肩に手を掛けた。

「いい、彩海ちゃん。とにかく、自分から動ける人にならないとダメだよ？　できるようになるまで私も一緒にがんばるから。できるようになるまで何度でも来てあげる――」

言いかけて秋名はぴたりと黙り、ぱっと振り向いた。

――遠くから海鳴りのように話し声や笑い声が聞こえてくる。

しかしそれはもう、穏やかなものではなくなっていた。

音がうねる。楽しそうな笑い声や話し声、怒声にあざ笑う声、たくさんの声が重なり合い、キンキンと白いグラウンドに反響し、凶暴なうねりとなって渦巻いた。キーン、と耳鳴りがして、秋名も僕も耳を押さえた。透明な音の嵐に煽られ、ガタガタと景色が揺れ始める。

揺れる景色の中で、彩海ちゃんは微動だにせず僕たちをただじっと見ている。

秋名が、

「大丈夫！　こっちにおい――」

言いながら彩海ちゃんに一歩近づいた時、ボン！　とどこかで破裂音がした。

そして、世界が、壊れた。

3

さぁー、と波が砂を浚うように夢が身体から抜けていく。

まるで布団の上に自分の輪郭だけが取り残されて、何か大切なものが失われていくような寂寥感があった。夢から覚めた時の感覚は夢主毎に違うが、今回は鋭敏な感性が失われ、自分がやたらと図太くなっていくように感じられた。

電気を点けると、衝立の向こうで秋名がもぞもぞと動いた。どうやら起きている。

「おはよう」

声を掛けると、秋名は「うん……」と低い声で答えた。

僕は身体を起こし、布団の上で膝を抱え、夢が覚める寸前のことを、透明な音の暴走を思い出しながら言った。

「これまでにああいう夢の終わり方ってあった？」

「ううん……」

「僕も初めて。今までの夢主の夢はあんな風に終わらなかった……」

今までの夢は大抵、桜の花が散るような、水が引いていくような穏やかな揺らぎと共に消えていった。それに対し、今回の彩海ちゃんの目覚め方はかなり不穏だった。

あれは自然に目覚めたというよりはたぶん、

「――彩海ちゃんはストレスで目が覚めたんじゃないかな？　どう思う？」

僕はこめかみを揉みながら秋名の意見を待った。

「……」

秋名はじっと動かない。

明るい調査室は、しん、としている。僕は腰を上げた。

「――秋名？　大丈夫？」

「んー」

　彼女は僕に背を向けているので、どっちの意味の「んー」なのか判断しかねた。

「……具合が悪い訳ではない？」

「んー」

　どうしたらいいのだろう。迷っていると、

「なんか疲れた」

　と秋名が呟いた。

　夢調査は疲れる。ものすごく疲れるが、動けなくなるほどではない。もしかすると車酔いがひどい質（たち）の人がいるように、秋名は夢酔いが相当ひどい質なのかもしれない。

「飴食べる？」

　加瀬さんが僕に羊羹をくれたように、何か刺激を入れたほうが早く酔いが醒めるだろう。そう思い尋ねると、秋名は微かに首を振った。

「じゃあ、しばらくここでゆっくりしよう。何かしてほしいことがあったら言って」

　すると秋名が僕に背を向けたままぼそりと何かを言った。

「何？」

もう一度秋名が呟く。ありがとう、と聞こえた。聞こえたことを伝えるため、

「うん」

僕は頷いて、布団に仰向けに寝転がった。

そして秋名が起きるまで、待った。

4

その日の午後。

「田中なんて何もできなかったくせに！　偉そうなこと言わないで！」

調査明けの様子から体調を心配していたものの、午前中にたっぷり休んだらしく、幸か不幸か午後は一転、秋名はパワーアップして帰ってきた。

「いや……、だってそうでしょ」

「〝違う対応をしよう〟」

秋名が口を尖らせ白目を剥いて、大袈裟に今しがたの僕の口真似をし、両手をぱたりと下げた。

「違う対応って何⁉　具体的に言えや！」

勢い余って口調まで変わってしまった秋名にげんなりする。

「だから、彩海ちゃんの話を聞くんだよ。まずは彩海ちゃんがどういう子かを知るんだ。僕たちが何かをするなら、それからじゃない？」

「だーかーら、周りに馴染めない根暗だって見りゃわかるじゃん」

「わかんないよ」

今この場に加瀬さんがいないのは痛い。いればきっと僕の意見に同意してくれるのに。ちょうどそう思った時に秋名が、

「加瀬さん、いつも夢主の声を、聞け聞け、って言うでしょ」

と言うので、僕は一瞬期待を込めて頷いた。

「うん。言うね」

しかし、秋名はヒートアップしただけだった。

「いっつも思うんだけど。で？　って。話聞いてどうすんの？　ウチらがそれに合わせるの？　甘やかさないほうがいいよ。周りにありのままの自分を受け入れてもらおうだなんて、甘えでしょ。そんなに人生甘くないわ！」

反論しようと大きく息を吸い、しかしぎらぎらと光る秋名の目を見て、肺の空気と一緒に気持ちが萎んだ。

「……もういい」

「いいって何が」

「……」

「オイ！　ねえ、アンタやる気あんの？」

「秋名は？」

「あるわ！　さっきから私ばっかり話してんじゃん」

「一方的にね」

「はぁ⁉」

僕は筆記用具を整える振りをして秋名を見ないようにした。

「結局さ、話し合う気がないいんだよ。秋名も僕もお互いに」

「何それ」

「もういいって。だって秋名が正しいんだから」

「はぁあああ⁉　マジで意味わかんないんだけど！」

微笑ましいものでも見守るように僕たちのやり取りを聞いていた小嶋さんが、ぽんぽんと手を叩いた。

「秋名さん、田中君、いいね、ナイスファイト！　熱いね！」

笑顔でグッと親指を立てる小嶋さんに、秋名が冷たく言い放った。

「あの。今、真剣な話してるんで」

すみません、と小嶋さんが縮こまる。

秋名がくるりとこちらに向き直り、怒ったように言った。

「ちょっと——まだ話は終わってない」

僕は既にノートとボールペンを手に立ち上がっていた。

「終わりだよ。自分の正しさを疑えない人と話をしても時間の無駄」

何か言おうと口を開いた秋名を制して僕は続けた。

「一回目は秋名主導だったから、次は僕にやらせて。秋名は黙ってて。何もしないで。その結果で三回目の方針を決めようよ」


一晩明けて、二度目の調査の夜。

秋名と二人、調査室で布団を敷きながら彼女をちらりと盗み見る。

衝立の向こうで秋名は敷布団の上に掛布団を放り、その上に枕をぞんざいに投げ落とした。調査明け一度目の打ち合わせ——もとい、言い争い——以降、秋名は僕に対して頑(かたく)なに〝黙って〟いる。

僕は敷布団の足元を狙ってシーツを放った。力の入れ方が悪かったのか、シーツは空中を頼りなくふわりと泳いで左側で折り重なって襞を作った。足側に回り、シーツのバランスを整えながら思う。あそこまで言う必要はなかったのではないか。どうしてあんなバッサリと切り捨てるような物言いをしてしまったのだろう。

秋名は貝のように心を閉ざしている。

この空気が彩海ちゃんにとっていいはずがない。そう思う一方で、これで夢主に集中しやすくなったと思ってしまうのも事実だった。今、優先すべきは夢主であって秋名ではない。そして夢主の為人を探るためには秋名の主張や押し付けがどうしても邪魔だった。

「準備はいい？」

空気を切り替えるため、気持ち明るめに声を掛けたが、秋名はただ不機嫌に頷くだけだった。

秋名との関係修復は後だ。

僕は気を引き締めて布団に潜り込んだ。まず夢主に集中して様子を見て、彩海ちゃんがどういう子なのか、何を考えているのかを知るところから始めよう。

電気紐に手を伸ばす。

「おやすみ」

電気を消して目を瞑ると、いつもの意識が下へ下へと沈んでいく感覚があった。

そして、ふと気が付くと僕は闇の中にいた。

真っ暗だ、と思う間もなく、カチ、と音がして電気が点く。

眩しくて目の筋肉がぎゅっと収縮する。

目覚めた場所は、夢の中ではなく調査室だった。

上半身を起こした秋名が呟いた。

「入れない」

「うん」

「なんで？」

「んー……」

時刻は午前零時を回っている。

おかしい。たとえ夢主が夢を見ていない時間帯に調査に出発してしまったとしても
夢主が夢を見始めた時点でその中に入れると加瀬さんに聞いていたのだが……。

結局、その晩は何度試しても彩海ちゃんの夢に入ることはできなかった。

嫌な予感がした。


——そして予感は的中する。

翌日の午後、髪をアップにした中年の女性がカウンターにつかつかと近づいてきた。この人どこかで見たことがあるな、と僕が思った時にはカウンター付近で立ち仕事をしていた林田さんに女性が勢いよく詰め寄るところだった。

「ちょっと、どういうことですか？」

林田さんが目を瞬いた。

「どうかされましたか？」

「こっちが聞いているんですよ。どういうことですか？」

女性は話がすんなり伝わらないことに苛立ち、ヒステリックに叫んだ。

「娘が眠れなくなったんですよ！」

僕はそれで思い出した。先日の和気藹々とした雰囲気からは程遠くてわからなかったが、カウンターの女性は彩海ちゃんの母親、沖野陽子さんだ。

林田さんは状況を推測したらしく、

「――娘さんの夢調査の申請をされて、その後娘さんが眠れなくなってしまったんですね？」

確かめるように尋ねると、沖野さんが激しい剣幕で迫った。

「だから！　さっきからそう言ってるでしょ！　何でわからないわけ？　あなた名前は？」

「林田、と申します。どうぞお掛けください」

林田さんは物怖じする様子もなく丁寧に言った。

沖野さんは不信感を剝き出しにして林田さんを一瞥した後、ドサッとカウンターの上に鞄を置き、椅子に座り、責め立てるような口調で話し出した。

林田さんでは経緯がわからないだろう。対応を代わろうと立ち上がると、

「田中君」

花畑係長が僕を手招き、小声で言った。

「秋名さんと調査室の掃除をしてきてください。頃合いを見て呼びに行きます」

恐らく、新人の僕たちではまだ対応が難しいという判断だろう。

「――はい」

僕は調査室の鍵を摑み、事務室を出た。そして、トイレから戻ってくる途中の秋名

を見つけ、急いで彼女に歩み寄った。

「今、窓口に彩海ちゃんの親御さんが来てる」

「了解。今行く」

素っ気なく言って足を速めた秋名の進路に僕は慌てて回り込んだ。

「待って。秋名は行かないほうがいい」

「は？　何で」

「彩海ちゃんが眠れなくなったみたいで、親御さんがどういうことだ、って怒ってる。今、林田さんが対応してくれてるけど、けっこう興奮してるから刺激しないほうが良い。秋名と僕は調査室の掃除をするようにって係長が……」

秋名がじろりと僕を睥睨し、腕を組んだ。

「……鍵は？」

「持ってきた」

「貸して」

「僕も行く」

「いいよ、田中は来なくて。私が一人でやるから」

「ダメだよ。調査室は一人で入っちゃいけないって規則だから」

「あ、そう」

秋名がくるりと踵を返し、すたすたと歩き出す。僕はその後を追った。守衛室で調査準備室の鍵を借り、地下へと向かう道すがら、彼女は不機嫌に押し黙っていた。地下室に着くと、秋名は用具入れから掃除機を取り出し、調査室のドアを開けた。

日常的に清掃しているため、調査室も調査準備室も概ね清潔に整えられている。どこを掃除すればいいのか迷ったが、どうせなら普段は手が回らないところをぴかぴかにしようと、ハタキで天井の角や蛍光管の埃を払い、固く絞った雑巾でドアや取手、洗濯機を拭き、洗濯機の排水部分を分解し、汚れた部品をブラシで一つ一つ磨いて元に戻していった。

そうやって手を動かしている間ずっと、僕の頭の中には一回目の調査時の彩海ちゃんの不安気な顔が浮かんでいた。——眠れなくなってしまったということだが、昼間に少しでも眠れているだろうか……。彩海ちゃんと申請者である沖野さん、今まさに沖野さんに対応している林田さん、三人にどんな思いをさせているだろうと考えると心が疼いた。

どのくらいの時間が経っただろうか。

布団乾燥機の吸気口の埃を取っていると、

「あのさ」

秋名が不意に沈黙を破った。

それで僕は彼女の存在を思い出した。振り返ると、秋名はモップに寄り掛かるように立って僕を見下ろしていた。

「こういうことあんまり言いたくないんだけど。最初の調査の時、私とあの子が友達を作る練習してるのに、田中がずーっとどっちつかずな態度取ってたじゃん？　それが原因であの子、不安になっちゃったんじゃない？」

一瞬何を言われたのかわからなかった。

僕は雑巾を床に置いた。

「……そうじゃないと思うけどな」

「え、じゃ、何？　私のせいってこと？」

秋名はどうやら怒っている。

「僕らの責任だよ」

やはり前回のやり方は彩海ちゃんに合わなかったのだ。調査を主導したのは秋名だが、何もしなかった僕にも当然非がある。

秋名は納得いかないようだった。

「でもさっき、秋名は行かないほうがいいって言った」

「ごめん。言い方が悪かった。調査に行ったのは二人だけど、沖野さんは僕の顔を知らないから、秋名だけが矢面に立たされるかと思って」

するど何がおかしいのか、秋名が噴き出した。

何事かと思えば、彼女はモップの柄をぽんぽんとぞんざいに叩きながら、皮肉っぽく笑んで言った。

「二人……二人っていうか……——調査の足引っ張っといて？」

どうやら僕の責任にしたいらしい。僕はできるだけ穏やかに言った。

「誰が悪いって今そんなに大切かな？」

「大事でしょ？」

秋名が挑むように目を眇めた。

その時、バーン！　と勢いよくドアが開いた。

「はろー！　お疲れちゃーん！」

小嶋さんだった。

「——お疲れさまです。沖野さん、どうでした？」

僕が尋ねると、彼は張り詰めた空気を物ともせず両手を挙げて陽気に言った。

「いやぁ、もうね、大変だったよ！　大いに荒ぶってた。でも段々落ち着いてきて、最後なんかね、次からは林田さんが担当してください、ってお願いしてたよ。林田さんはさ、荒ぶってる人を鎮めるのがめちゃくちゃ上手いんだよね。どうやってるんだろう。——あ。となると、君らのどっちか担当外されるね！　まあ、ドンマイ。そういうことよくある。オレもね、よく怒られて外されちゃう。夢主との相性もあるし、こういうのって、お互い様だよね？」

小嶋さんは沖野さんが帰ったので僕たちを呼び戻しに来てくれたらしい。

部屋の鍵を締め、ふふふん、ふふふん、ふふふんふ〜♪と独特なメロディーの鼻歌を歌う小嶋さんを先頭に秋名と僕は階段を上がっていった。

事務室への道すがら、秋名は一度も目を合わせてこなかった。

事務室に戻り、林田さんに、

「お疲れさまです」

声を掛けると、にこやかに、お疲れさまです、と返してくれた。

「あの、林田さん——」

普段となんら変わらない。まるで何事も無かったかのようだが、自分たちの代わりに沖野さんに対応してくれたのだ。謝ろうとした時、花畑係長に声を掛けられた。

「秋名さん、田中君、こちらに来て前回の調査について話を聞かせてください」

打ち合わせスペースの席に着くと、それまで黙り込んでいた秋名が堰を切ったように話し出した。

校庭の隅で一人寂しそうにしていた夢主、友達がいないことに悩んでいるので二人で友達を作る練習をしたこと、途中途中で僕に水を差されたこと、その時の夢主の不安気な様子……彼女の話はより彼女が正しく、より僕が悪く映るよう秋名のフィルターにより細部が脚色されていた。

現状を正確に把握し今後の策を練ることが今一番大事なことなのだと思うが、どうやら秋名の中では自分が悪くないこと、自分が正しい対応をしたと上司に認めてもらうことが一番大切になってしまっているようだった。話を聞いていて要所要所で秋名の話を訂正したい気持ちが膨れ上がったが、秋名の性格的に途中で訂正すると、論点がより一層、〝彩海ちゃんのこと〟から〝秋名と僕のどちらが正しくてどちらが間違っているか〟にズレて話がややこしくなりそうだったので堪えた。

係長は秋名の話を遮ることはせず、ふんふんと相槌を打ちながら聞いている。秋名が話し終えてから、

「田中君は？　ずっと黙ってるけど」

水を向けられ、僕は考えた——たぶん秋名の話を否定するようなことを言うと即座に否定し返されてどんどん話が脱線してしまう。

僕はなるべく秋名の報告に沿う形で秋名の脚色の部分を排除しつつ、可能な限り事実を抽出して話した。それでも途中で秋名が言葉を被せてきたけれど、その度に係長が手で遮った。

最後に僕なりの考察を付け足す。

「——一回目の調査では夢主の性格等を考慮した対応ができず、こちら側の意見を夢主に押し付けることで一種の人格否定をしてしまいました。その結果夢主はストレスで眠れなくなったのだと思います。夢主については親御さんから〝友達がいなくて悩んでいる〟という情報提供がありましたが、それについて夢主が実際には何をどう感じ、どうしたいのかがわからないので、次の調査では夢主を知るところから始める必要があると思います」

ふむ、係長は少し考え込んだ。

「お母さんを入れると秋名さんが二回対応をしてくれていて、田中君はまだ一回ですね……」

その言い方に秋名への配慮を感じた。そして、係長はさらっと続けた。

「では次は、林田さんと田中君の二人で行ってみましょう」

5

翌日の昼。

「田中君はハーパンですか。若いですねぇ。私なんか一年中長ズボンですよ」

調査準備室の更衣室から出てきた林田さんがおっとりと言った。

僕が林田さんと組むのは初めてで、つまり、寝間着姿を見られるのも、林田さんの寝間着姿を見るのも初めてだった。林田さんは家庭科の教科書に見本として掲載されていてもおかしくない皺一つないチェック模様の丸襟パジャマを着用していた。

「暑い時期はハーパンです。林田さんは夏とか暑くないんですか？」

「夏でも足が冷えてしまいまして。長ズボンじゃないとダメなんですよ」

林田さんがロッカーを開け、何かを取り出した。戦隊ヒーローのイラストがプリントされている小さな枕。僕が小さい頃使っていたものによく似ている。明らかに子ども用だ。

「その枕は……？」

　聞くと、林田さんが嬉々として枕を掲げてみせてくれた。

「この平べったいのがいいんです。サイズが絶妙なんですよ。元々は息子の所有でしたが、たまたまお昼寝に使用してみたところ首にジャストフィットしまして。衝撃でした。私が長年求めていたのはコレだったのだな、と」

「子ども用の枕で寝てみようなんて考えたこともなかったです……」

　ふふ、と林田さんが微笑む。

「人が自分の家でどういう風に眠っているのかって、案外わからないものですよね。私もこの係になるまでは全然気にしていなかったのですが、皆さんの寝間着を拝見したり寝具のお話を伺っていると、それぞれ好みがあるようでおもしろいです」

「加瀬さんはバスタオル枕ですよね」

「はい。機能的というか、加瀬君らしいチョイスですよね。小嶋君と調査に行ったことはありますか？　彼の寝具もなかなかユニークですよ」

　調査室で衝立を挟んでそれぞれ布団を敷きながら、寝具の話で一通り盛り上がる。

　眠りはほぼ全人類の共通習慣でありながら、基本的に人目に触れない場所でひっそりと実施される。こうやって比較すると案外おもしろい。

「田中君にお願いがあります」

布団を丁寧に整えた後、林田さんが言った。

「私、これからお化粧を落として参ります。それであの、失礼なお願いなのですが、私を見ないでいただくことは可能でしょうか？　素肌を晒すことがどうしても恥ずかしく……」

「わかりました。壁を向いていますね」

僕は布団に入り、衝立に背を向け、入口が視界に入らないよう鼻のあたりまで布団を上げて目を閉じた。

水音がし、しばらくして林田さんが戻ってきて、調査室のドアを閉めた。

「お待たせしました」

後ろの方で、そうっと林田さんが布団に入った気配がした。

「お化粧を落とさずに寝てしまうと、お肌の負担がすごいんですよ」

「そういうものなんですね」

ふと、秋名は寝る時も化粧をしたままだったなと思い出す。

「彩海ちゃん、眠れていますかかね」

林田さんが心配そうに言う。

「眠れているといいですね」

沖野さん曰く、彩海ちゃんは夜眠れなくなってしまったので今の時間帯に学校の保健室で眠っているとのことだった。

じゃあ行きますか、と声を掛け合い、

「電気、消しますね」

林田さんの言葉を合図に明かりが、ふっと、消えた。

*

気が付くと、金色の光がゆったりと満ちた子ども部屋らしき場所にいた。

きちんと整えられたベッドに、丸い取手のついた小さな棚。棚の上の小さなガラス瓶には一輪の白い花が活けられている。その横の学習机に向かい、夢主は集中した様子で何かを読んでいるようだったが、気配で察したのだろう。ふっと顔を上げて振り返り、林田さんと僕を認めるとぺこりとお辞儀をした。

僕たちがお辞儀を返すと彩海ちゃんは立ち上がり、机の脇に立て掛けてあった白い円盤のようなものをころころと転がして僕たちの前まで運んできた。折りたたみ式のテーブルだ。テーブルの脚を広げ、どうぞ、という具合に手で床を指し示す。

「座っていいの？」

林田さんが尋ねると、彩海ちゃんはこくりと頷いた。

「ありがとう」

林田さんが丸テーブルの前で正座をするので僕もそれに倣った。カーペットの柔らかい毛足が肌に触れる。彩海ちゃんもちょこんと正座をし、よく動く黒い瞳で林田さんと僕を見比べた。――恐らく調査が原因で不眠になっているので、場合によっては今回接触を控えようと打ち合わせていたのだが、早速接触してしまった。

少女は僕を見つめ、首を傾げた。

「お兄ちゃん、どこかで会った？」

「え、あ。うーん……会ったことがあるかもね」

彩海ちゃんが秋名のことを思い出さないよう、曖昧に濁す。

概ね、調査員はその夢毎の登場人物として夢主の中で処理されているらしい。小嶋さんのように夢の記憶に連続性があり調査員を覚えている人もいるが、覚えていない人も多々いる。彩海ちゃんはどうやら後者だ。

納得したかどうかはわからないが少女は、今度はじっと林田さんを見つめた。

「ふふ。可愛いね」

林田さんがくしゃっと笑うと、彩海ちゃんは照れたように首を竦めた。

「彩海ちゃん、机で何してたの？」

「絵、見てた」

「何の絵？」

彩海ちゃんが学習机から本を持ってきてテーブルに広げた。見せて、と林田さんが覗き込む。僕もそれに倣う。林田さんはある程度歳を重ねた女性だけが持ち得る物腰の柔らかさと、人を安心させる雰囲気を備えている。彩海ちゃんはあまりしゃべらないが、時折ページを捲り、小さく感想を漏らす。波長が合うのだろうか、二人の間には何か通じ合うものがあるようだった。

ゆったりとした時間が流れた。

何か調査のヒントがあるのではないかと思い、僕はさり気なく部屋を見まわした。これは現実の彩海ちゃんの部屋が反映されているのだろうか。シンプルだが、一回目の調査同様に夢主の感覚、特に色彩感覚の濃やかさが反映されていて、光や陰影に深みがあるような気がする。絹のように柔らかい金色の陽射しに、机や棚がこっくりと飴色に輝いている。棚の上の背の低い一輪挿しに活けられているのは花冠でお馴染み僕は思わず目を擦った。なんか——動いているような。

気のせいではなかった。シロツメクサはまるで手を動かすように二枚の葉っぱを小瓶の縁に掛け、お風呂から上がるように水から上がった。そして、それまで自分が入っていた小瓶を葉で抱え上げ、二股の根っこを交互に前に出しえっちらおっちらと棚の端まで歩き、軽やかに床に飛び降りた。

そのままこちらに向かって歩いてくる。

シロツメクサはぴょんとテーブルに飛び乗り、僕たち三人の視線を集めつつ、テーブルの真ん中で小瓶を降ろし、ちゃぽんとその中に入った。そして、林田さんと僕に愛想よく葉っぱをひらひらと振ると、ふっと静止に帰った。

すごく夢っぽい……！

こういう夢らしい夢は初めてだった。感動していると、彩海ちゃんが本を閉じた。

「おやつ、食べる？」

いつの間にかテーブルの上にはふんわりと甘い匂いのするカップケーキと小さな銀色のスプーンが三組セットされていた。

「手を合わせてください」

彩海ちゃんが節をつけて言い、ぱち、と小さな手を合わせる。僕は小学校の給食の時間を思い出しつつ、林田さんと共に手を合わせた。

「いただきます」

彩海ちゃんに僕たちは唱和した。

「いただきます」

夢の中に食べ物が出てくるのは二回目だ。小嶋さんの夢を思い出しつつ、カップケーキのしっとりとした生地にスプーンを挿す。中にはゆるめのカスタードクリームがたっぷりと詰まっていた。見た目は随分とリアルだが……。

「うわ……美味っ」

一口食べて、あまりの美味しさにびっくりした。

「……本当に」

林田さんも驚いている。カスタードがしっとりと染み込んだ冷たい生地の甘味に頬がきゅうっと絞られる。それはまさに夢のような美味しさだった。驚いている僕たちを見て彩海ちゃんがうれしそうに肩をぴょこぴょこ揺らした。

「すっごい美味しいね。どこのお店のケーキ？」

思わず、という調子で林田さんが尋ねる。

「これね、絵本のやつだよ」

「絵本に出てきたの？」

林田さんが聞き返す。

「うん。あれ？　でも」

自分でもおかしいと思ったのか、彩海ちゃんが首を捻る。

「どうしてこれが、ここにあるのかなぁ……？」

まるでそれが合図であるかのようだった。

部屋の端が、くしゃっと歪んだ。そこから形を失って蒸発するように消えていく。

どうやら目覚めが近いようだ。

「ねえ、彩海ちゃん。また来てもいいかな？」

林田さんが聞くと、少女は頷いた。

「また来るね」

景色がとろっと混じり合い、消える直前、彩海ちゃんがまたこくりと頷くのが見えた。

6

〝沖野という者ですが。林田さん、いますか？〟

その電話が入ったのは調査の二日後のことだった。僕は保留ボタンを押し、受話器を置いた。

「林田さん、沖野さんからお電話です」

林田さんが自席の前の子機を取る。

「お電話代わりました、林田です」

前回の沖野さんの剣幕を見ているので僕は心配で耳を欹(そばだ)てた。

「……はい。……──はい……そうですか。また九時に眠れるようになりましたか。よかったです。……──いえいえ、とんでもございません……──はい……」

彩海ちゃんが眠れるようになったという連絡かと思ったが、他にも用事があるのか、何やら話し込んでいる。僕は途中で聞き耳を立てるのをやめ、自分の仕事に戻った。

それから一時間ほどした頃、ご連絡ありがとうございます、と林田さんが電話を切って僕に告げた。

「彩海ちゃん、眠れるようになったそうです」

「よかったです」

僕の隣で小嶋さんがはしゃいだ。

「すごいすごい！　一発だ！」

小嶋さんに尊敬の眼差しを向けられて、林田さんは小さく頭を下げた。

「さすが林田さん！　何か――」

「それより小嶋君、倉科さんの調査の件で相談させていただきたいことがあるのですが、今、お時間大丈夫でしょうか？」

林田さんが珍しく強引に話題を変え、小嶋さんと共に席を立ち、打ち合わせスペースに向かう。

僕はほんのちらっと秋名を見た。

林田さんは秋名を気遣ったのだろうと思った。秋名はさっきからずっと不自然なほどにパソコン画面だけを見つめている。――その無関心な振舞いが、却って彩海ちゃんの調査に対する彼女の中の蟠りを感じさせた。

僕は小さく深呼吸し、それから、自分の仕事に戻った。

＊

三回目に入った夢は、突拍子もないというか、とても夢らしい夢だった。

入った瞬間、まず最初に太陽と土と草の匂いが香った。黒くふんわりと湿った地面に、背丈の何倍もある緑色の巨大な植物がにょきにょきと林立し、見上げれば淡い色彩の大きな花々が陽射しを柔らかく受けながら風の中でふわふわと揺れていた。

そこはまるで和風のジャングルのようだった。

彩海ちゃんは山高帽子に爪先がくるりと尖った靴、たくさんのポケットがついたベストを着て弾むような足取りでるんるんと歩いていた。そしてやはり人の気配に敏感なのだろう。林田さんと僕が夢に入った直後にくるりと振り返った。

「こんにちは」

林田さんが言うと、少女はぺこりとお辞儀をした。

「探検してるの？」

「うん」

「一緒に行ってもいい？」

林田さんが尋ねると、彩海ちゃんはこくりと頷いた。

彩海ちゃんは綺麗な石を収集しているらしく、葉っぱの下をくぐり、植物を掻き分け、根っこを踏み越えて、石英等の透明な石を見つけては拾い上げ、片目を瞑って陽に翳して点検し、点検を終えるとポケットに仕舞っては歩き出すことを繰り返していた。その後ろをついて歩きながら背丈よりも大きな赤い実の脇を抜け、通り抜けた後にそれが巨大な蛇苺であることに気が付いた。

巨大な植物はよく見ればどれも普段道端でよく見かける草花で、どうやら自分たちは小さくなってどこかの草地にいるらしい。

しばらくして一仕事終えたらしく、彩海ちゃんは手頃なキノコを見つけるとその笠に腰掛けた。僕たちも真似をすると、少女はポケットからハンカチに包まれた木の実を取り出して分けてくれた。マカデミアナッツをより丸く滑らかにしたようでいて、手にしっくりと馴染むきめ細かな手触りの木の実。これも絵本の産物なのだろうか。見たことのない木の実だった。

三人で並んで、さらりとした風を頬に感じながら、木の実を齧る。

こりこりとした歯触りがとても心地よい。噛めば噛むほどこっくりとした甘味が増していく。しみじみと美味しい。

緩やかな風が吹いた。

彩海ちゃんは木の実を食べながら、何故か熱心に地面を眺め続けていた。

つられて見れば、頭上の無数の花びらの隙間から零れ落ちた涼し気な光が、花びらで優しく濾し落とされた淡い光が、風に遊ばれて地面で万華鏡のように多彩な模様を描いていた。

無言の時間がしばらく続いた後、林田さんが尋ねた。

「彩海ちゃんは一人でゆっくり遊ぶの、好き？」

あ、林田さん突っ込んだな、と思う。

他の人の夢では人が登場することが多々あるが、彩海ちゃんの夢の中にはまだ誰も出てきていない。そしてそれを寂しいと感じている様子もない。彩海ちゃんの悩みがわからない今の状態では本人に直接気持ちを聞いて確かめるのも手なのかもしれない。

「うん」

「そっか」

風がはたりと止み、地面で躍っていた光がふつりと静止した。

彩海ちゃんが爪先に視線を落とした。

「――ダメ？」

その目に今日初めて不安の色がほんのりと現れた。彩海ちゃんが両の爪先をふらふらと小さく揺らす。明るく元気で友達いっぱいな一般に〝良い子〟とされる指標から外れているという自覚があるのだろう。

林田さんがキノコの椅子から立ち上がり、彩海ちゃんの前にしゃがみ込んだ。

そして、不安気な少女の目を真っ直ぐに見て言った。

「彩海ちゃんは、綺麗なものを見つけるのが上手」

林田さんがにこやかに続ける。

「おもしろいことや、楽しいことを見つけるのも上手」

彩海ちゃんが目を瞬いた。

林田さんは満面の笑みで言い足した。

「とても素敵なことだよ」

彩海ちゃんはじっと動かない。彼女は林田さんからもらった言葉をじっくりと咀嚼しているように見えた。彩海ちゃんと目が合い、僕も同意を示すために頷いてみせると、林田さんが僕にちらりと微笑んだ。

——実際、彩海ちゃんの夢から感じるのは、大袈裟に言えば生きることに対する静かで豊かな喜びだった。物事の色や形の一つ一つをゆっくりと味わい、時間をかけて消化して、それらを静かに愛している。そんな感じがする。確かにわかりやすい〝良い子〟とは物事の愛し方が違っている。でもそれを否定する必要はない。むしろ、彩海ちゃん独特の感じる力は、彼女の一生を豊かに彩り、また、彼女の心を守ってくれるのではないかと思う。

彩海ちゃんが小さく首を傾げて言った。

「二人はトモダチ？」

僕は林田さんと目を見合わせた。なんて言えばいいのだろう。

林田さんが答える。

「お仕事の仲間だよ」

「いつも一緒？」

「うん、そうだね」

彩海ちゃんはふーん、と頷いた。そして、少し迷った素振りをして、尋ねた。

「ねえ、オトナってさみしいの？」

林田さんはそっと聞いた。

「──彩海ちゃんはどうしてそう思うの？」

少女はしばらく何も言わずじっと林田さんを見つめていたが、やがて、ふるふると首を左右に振った。しかし、林田さんがなおも少女を見つめ続けると、ゆっくりとその口を開いた。

「お母さんが、さみしそうだから」

7

「こんにちは」

三日後、沖野さんが事務室にやってきた。

「どうぞお掛けください」

林田さんが椅子を勧める。基本的には調査結果は郵送で送付するのだが、今回は沖野さんの強い希望で手渡しになっていた。

「どうですか、最近。眠れていますか？」

「ええ。先日電話でお伝えしたとおりです。睡眠に関してはすっかり元通りです」

「いえ、そうではなくて」

「？」

沖野さんが林田さんをまじまじと見つめた。

「私がお聞きしたいのは彩海さんのことではなく、ご自身のこと、陽子さんのことです」

陽子さん、と林田さんが改めて、ゆっくりとした口調で尋ねる。

「陽子さんは最近、眠れていますか？」

その様子を眺めながら、僕は三回目の調査後の打ち合わせを思い出していた。

「今回の件について僕は、彩海ちゃんというよりは、お母さんの気持ちに問題があるんじゃないかと思うんです」

状況整理のために二人で夢の内容をメモ用紙に書き出し終えた後、僕は思い切って林田さんに言ってみた。

「沖野さんは彩海ちゃんに友達がいないことに対して深刻になっていますが、これまでの夢を見ている限り彩海ちゃん本人は肩の力が抜けているというか、どちらかと言うとのびのびとしていて、悩みの最中にいるようには見えないんです……。もちろん悩みが全く無いかと言うと語弊がありますが。ただ、沖野さんが言うようには悩んでいない。だからその、上手く言えないんですが、肩に力が入っているのはお母さんのほうなのかな、と……」

調査の前提を覆してしまうようだが、それが全体を通しての正直な印象だった。上手く伝わるか不安だったけれど、林田さんはあっさりと頷いた。

「私も同じ意見です。沖野さんの精神状態の変化に伴って、沖野さんの中での彩海ちゃんの見え方が変わってしまったことが推測されます」

あまりにあっさりしているのが不思議で、僕は聞いた。

「いつの段階からそう思っていたんですか」

「沖野さんと最初にお話しした時です」

僕は絶句した。

「……最初から、ですか」

「ええ」

林田さんは愛用の綺麗に磨かれた革製のペン立てから定規を取り出し、これまでのメモとこれからのメモを画するようにすうっと一本の線を引いた。そして、綺麗な文字で【①怒鳴る ②時間 ③タイミング】と新たに書き加え、ペンをメモ用紙に平行になるようにそっと置いた。

「いきなりですが田中君は、知らない人を怒鳴りつけることができますか？」

「どなる……のは、私は自分の感情を制御できない幼稚な人間です、と喧伝(けんでん)しているようなものなので……恥ずかしくてできないです」

今すぐ避けないと車に轢かれる等、目の前にいる人が生命の危機に瀕している時であれば大声を出すこともあるかもしれないが。それ以外の怒鳴るという行為はほとんど制御不能な感情を口から投げ散らかしているだけの動物的な行為に思える。

「あらら。今日の田中君は辛辣ですね」

林田さんがふふっと笑う。

「変ですか？」

「いえ、言いたいことはわかりますよ」

そうは言いつつ、林田さんは慎重に言葉を選んでいる気配があった。

「――まぁ、何と言いますか、人が人に怒鳴る背景には田中君が言ってくれたように気持ちの問題があることが大半です。物事を自分の有利に進めるために敢えて怒声を利用する等、例外もありますけれど……。ちょっと不遜な言い方かもしれませんが、出会い頭に怒鳴っていらっしゃった時点で沖野さんは気持ちに余裕のない状態にあるのかな、と思いました。何か心の中に溜まっているものがあって精神的に追い詰められている状態だと。話も毎回、長めでしたし」

一番最初の秋名とのやり取りで一時間、林田さんの窓口で一時間、眠れるようになったという電話連絡で一時間……確かに毎回、話が長い。

「そしてもう一つ気になったのは、彩海ちゃんが二年生であるということです。沖野さんの話によると彩海ちゃんはずっと友達がいないということでしたが、一年生の時から彩海ちゃんに変化がないのだとしたら、どうしてこの二年生の五月という中途半端なタイミングで夢調査を申請しようと思ったのでしょう」

無意識にペン回しをしかけていることに気付き、僕はボールペンを机に置いた。

「ゴールデンウィーク明けだからとか……五月病とか……あ」

沖野さんの初来庁後に秋名が言っていたことを今更のように思い出す。『なーんかね、友人夫婦が最近引っ越しちゃって、気軽に愚痴を言える人がいないんだって』

「沖野さんの友達が、引っ越してしまった？」

林田さんがこくりと頷く。

「恐らくそれです。沖野さんにとって、気持ちの安定のためにはその友人の存在がとても大きかったのではないでしょうか。他にも色んな要素があるかもしれませんが」

「ということは……彩海ちゃんではなく、沖野さんに変わってもらう必要がありますね」

しかし林田さんは首を横に振った。

「田中君、それは無理ですよ」

「無理、ですか?」

てっきり、同意されると思っていたので僕は面食らった。

――悩みを解決すること、即ち、人の気持ちや物の見方を変えるのが僕たちの仕事なのではないか。僕は思わずまじまじと林田さんを見た。林田さんに諦めたり投げやりになっている様子はない。彼女はいつもの柔らかな調子で微笑んで言った。

「他人に他人を変えることはできないんです」

「陽子さんは最近、眠れていますか?」

林田さんの問いに、カウンターの向こう側で沖野さんが目を瞬いた。

「……私、ですか?」

「ええ」

僕は林田さんと沖野さんから目を逸らし、そっとその場を離れて自席で配属初日に加瀬さんからもらった夢調査に関連する資料を開いた。二人の様子が気になるし、できれば後学のために同席したかったが、『二対一だと沖野さんの気が散ってしまうと思われるので今回は私にお任せください。今の沖野さんには、二十歳下の異性よりも同世代の同性のほうが話しやすいと思います』と釘を刺されていた。

ぱらぱらと資料を捲り、林田さんに、今の田中君には興味深いと思うのでご一読くださいと勧められていた夢調査法の条文を見つけた。

【夢調査法第69条　調査員は、夢主の思想を改変してはならない】

夢調査の禁止事項だ。夢調査法には一通り目を通してはいるが、僕はこの条文を初めて見た時、憲法を連想した。法令の上には憲法がある。このため、憲法に反した法令を作ることはできない。そして、憲法には思想の自由を謳う条文がある。

夢調査で調査員は夢の中という対象者が無防備な状態で接するため、否が応でも精神ひいては思想への影響が大きくなりやすい。そのため、調査員が憲法違反、即ち、夢主の思想の自由を侵すことを危惧して編まれた条文なのかなと解釈していたが、夢主の考え方を変えてはならないというのは、よくよく考えると何だか変だ。何故ならば、お悩み解決という夢調査の目的からすれば、ダイエットのビフォアー・アフターのように夢調査の前と後とで夢主に〝変化〟が求められるはずだからだ。

ちらりと見遣ると、沖野さんは真剣な表情で心なし前のめりになって何かを話している。初対面で見せた火の玉のような勢いはない。少なくとも、沖野さんの林田さんに対する態度は〝変化〟している。でも、

『他人に他人を変えることはできないんです』

今まさに沖野さんを変化させているように見える林田さんは言っていた。

『自分を変えられるのは自分だけです。これは夢調査に限ったことではありません。その人にはその人の本来があります。私たちができるのは、花に水を遣るように、溜まった水を切るように、土の雑草を抜くように、人の状態を都度見極め、その人の本来を引き出すきっかけを作ることなんだと思います。人の思想を変えようとすることと、その人の本来を引き出そうとすることは全くの別物です。夢調査法の第69条はそういうことを言っているのだと私は思います』

――午後の柔らかな陽射しの中、沖野さんに対応する林田さんの背中を見る。

今、林田さんは会話の中から相手の機微を拾い上げ、沖野さんの〝本来〟を引き出そうとしているのだということがわかった。

どのくらい時間が経っただろうか。

やがて、沖野さんはぱたぱたと涙を零し始めた。

沖野さんが帰った後、林田さんが自席に戻ってきた。

「お疲れさまです」

声を掛けると、林田さんは、お疲れさまです、といつもの調子でにこりと笑った。

「沖野さん、どうでしたか」

「やはり気持ちがいっぱいいっぱいになってしまっていたみたいですね……」

林田さんが、うーん、と考え込む。

「気持ちが張っているとどうしても冷静に考えることができないですから、まずお話を伺って、ご自身がいっぱいいっぱいだということをわかっていただきました。と言っても、ご本人にも心のどこかでその自覚はあったようです……。なので、彩海ちゃんのことはひとまず脇に置きまして、沖野さん自身の気持ちを和らげることですとか、沖野さん自身が今何を求めているのかを、一緒に考えてみました」

「そんなことが――?」

たった数時間でそんなことが可能なのだろうか。

林田さんが笑って小さく手を振る。

「もちろん話し合いの中では結論まで至りませんでした。ただ、今まであまり構ってあげていなかった自分の心の舵を握ってくれたと言いますか。……私の立場でお手伝いできるのはそのくらいです。でも今の沖野さんにはまずはそうやって自分の気持ちに触れていただくことがとても大切なことなのだと思います」

林田さんに何か特別な仕事を終えたという調子はなく、まるで天気がいいのでちょっと散歩してきました、くらいの涼やかさだ。

その様子を見て、林田さんは心から人に寄り添える優しい人なんだな、と思った。仕事だから、というのはもちろんあるのだと思う。けれど仕事だからというだけではきっとこういう対応は取れない。……相手に真摯に寄り添う心がなければ。

ふと、林田さんが表情を変えた。

「田中君？　……どうかされました？」

問われ、僕は慌てて笑顔を作った。

「いえ。とても勉強になりました。今後ともご指導ご鞭撻のほど、よろしくお願いします」

「こちらこそよろしくお願いします。これからも一緒に頑張りましょうね」

そうやって、林田さんとの初めての調査は、終わった。

しかし、その日一日中——夜自分の部屋の布団で横になる段になっても——ふとすると僕の脳裏には沖野さんが一番最初に林田さんに取った強い態度と、それを柔らかく真摯に受け止める林田さんの姿がちらついた。

瞬きをするとそれは消え、けれども、気が付くとまた現れた。

――沖野さんの調査は終わったはずなのに。

何故だろう。

僕は何が気になるんだろう。

タオルケットに包(くる)まって、その理由を考えようとしたら、とろっとした眠気が襲ってきて、僕は目を瞑り、そのまま深い眠りに落ちた。

第三章

『叔父さん。僕ね、嘘（うそ）を吐いたよ』

小学五年生のある日の夕方。

キーボードの打鍵音が止まり、叔父の身体全体がどことなく右に傾いている（脚本に行き詰まって集中力が切れている時の癖だ）時を見計らって、僕はその背中に声を掛けた。できるだけいつも通りの表情で、何気ない調子を装ったつもりだった。

叔父はいつも通りに椅子ごとくるりと振り返り、けれど、目が合うと常とは違い椅子から立ち上がって僕の前にやってきて、ついっと目線の高さを合わせて尋ねた。

『――何があった？』

僕は横を向いて叔父と目が合わないようにした。

『今日、国語の授業でね、作文の発表をしたの。将来の夢っていうタイトルで』

叔父の目を避けながらようやく絞り出した声は細く潰れていて、それで僕は自分が泣きそうになっていることに気が付いた。

『その時、嘘の発表をしたの』

『どうして？』

『……僕の夢が、ちゃんとしていないから』

『どうしてちゃんとしてない、って思った？』

理由を言おうとして、喉がクッと鳴る。

叔父に全てを洗いざらい吐き出してしまいたい衝動と、叔父に全てを言ってはいけないという気持ち。相反する二つの気持ちが喉の奥で鬩ぎ合い、言葉が上手く出てこない。

『……父さんがそう言った』

何とか僕はそれだけを言った。

昨夜、宿題の作文を家で書き終わった時にちょうど父が通りかかり、作文を読んで困ったように言ったのだ。書き直したほうがいい、と。小学五年生にもなって、そんなに世間知らずでは恥ずかしい。もっとちゃんとした夢を書かないと恥をかくぞ、と。

『父さんに言われて、優太は自分の夢がちゃんとしてないって思ったのか？』

僕は首を横に振った。

自分の夢はちゃんとした夢だと思う。だからこそ、悲しいのだった。僕が悲しいのは、自分ではちゃんとしていると思うのに、父に本気で〝ちゃんとしていない〟と心配されたことだった。

『優太？』

ふっと頭に叔父の手が乗る。

思わず僕は目を上げて、叔父と目が合った途端、大粒の涙が膨れ上がり、夕陽に染まる叔父の顔が、ぼやっと滲んだ。膨らんだ涙はあっという間にぽろりと零れた。

一瞬クリアになった視界の中で、叔父が、しっかりと僕の目を見て言った。

『自分が大切だと思うことは、大切にしていいんだぞ？』

叔父のふわふわの髪や優しい瞳が夕陽に綺麗に茶色く透けていて、でもその鮮明な叔父の姿も、新しい涙のレンズですぐにふわっとぼやけた。

〝叔父さんの言うことの、全部を鵜呑みにしてはいけないよ〟

昨夜の父の声が、僕の頭にそっと添えられた父の温かい手の重さが、蘇る。

〝たぶん優太は、優太の思っている以上に叔父さんの影響を受けている。優太が叔父さんのことが大好きなのは知っている。叔父さんは心根のいい人だ。会いに行くなとは言わない。ただな、叔父さんには大人になり切れない部分が、危うい部分がある。それを知っておきなさい〟

――今目の前にいる叔父の手の重みと、昨夜僕の頭に添えられた父の手の重み。

僕の中で二人の手がどうしようもなく重なった。言っていることは逆なのに、二人の声は、表情は、よく似通っていて、それはたぶん兄弟だからというよりも、その言動が生まれてくる源が同じだから——僕のことを想う心から生まれてきているからなのだと思う。

だから僕はわからなくなる。

何が本当なのか、わからなくなる。

叔父が問う。

『優太の本当の夢は何だ？』

問いかけは空気に溶けて消え、部屋にはいよいよ夕陽が紅く満ち満ちて、けれどもその光は何かの臨界点に達したように、音もなく褪め始めていた。

色褪めていく部屋の中で僕がわかっていたことはただ一つ。

ああ、もうすぐ夜が来る。

それだけだった。

1

六月初旬の夜。

夕飯後、ソファで何をしたい訳でもなくスマホをいじっていたら、電話がかかってきた。祖母からだった。開口一番、祖母は言った。

〝優ちゃん、スカーフと羊羹、届いたわよ〟

「ああ、うん」

どうやら一昨日発送した荷物が祖母の家に届いたらしい。

〝もう、びっくりしちゃった。うれしい。ありがとね〟

「遅くなっちゃったんだけど、えーと……僕も社会人になったから、その……今まで色々、ありがとう」

ずっと前から決めていた。いつか社会人になって初任給をもらったら祖母に絶対に贈り物をしようと。本当は五月中には祖母の家を訪ねて手渡そうと思っていたのだが、足が向かないまま時間が経ってしまい郵送したのだった。グダグダの僕の贈り物を、しかし祖母は僕の意を汲んで喜んでくれているようだった。

〝優ちゃんも社会人になったのよね。早いわねぇ……スカーフの色もとっても綺麗で。うれしい。ずっと宝物にするわね。一口サイズの羊羹も可愛い。ありがとうね。おじいちゃんと実にもお供えしたから、二人もきっと喜んでいるわよ〟

「うん」

祖母に何を贈るかについてはさんざん悩み、スカーフと、初めての夢調査の時に花畑係長がくれた一口羊羹に決めた。一口羊羹なら賞味期限も長いしこの辺りの名物だし、一人暮らしでも自分のペースで食べられるだろうと思ったのだった。

祖母は何度もうれしい、と、ありがとね、を繰り返した。

そしてふっと会話が途切れ、そろそろ電話を切ろうかなと思った時、祖母は不意に、

〝そうそう、脚本はどうだった？〟

と話題を転じた。

僕はドキッとした。

祖母が四月に送ってくれた叔父の脚本を読むつもりはなくて、かと言って捨てることもできないから押入れの奥に仕舞い込み、もうそれ以上どうしようもないから、僕の中で脚本のことは終わったことになっていた。

「――最近、仕事が忙しくて」

すると、

〝あらそうなの？　それじゃ、本も読めてないんじゃない？〟

祖母はまるで孫の栄養不足を憂うような口調になった。

「ホン？」唐突な問いに僕はきょとんとした。「あ、本……うん、読んでないよ」

〝あら……よっぽど忙しいのねぇ〟

祖母がしみじみと言った。

祖母のその反応に合点（がてん）がいったのは、通話を終えてしばらく経ち、歯を磨くために洗面台に立った時のことだった。

——たぶん祖母にとって僕は、読書好きな孫のままなのだ。

鏡の中のすっかり大人のそれになった自分の顔を見て思った。

昔あれだけ叔父の部屋に入り浸り、本を読（よ）み漁（あさ）っていたらそう思われていても無理もないのかもしれない。

2

「係長っていつも本読んでますよね」

昼休み、秋名が花畑係長に言った。

四月の頃は同期の取り巻きたちと食堂で集まって昼食を摂っていた秋名は、六月にもなると職場でお弁当を食べるようになっていた。入庁からしばらく経ち、各々職場に馴染んだのだろう。

係長は毎日昼食後、まるで食後のプリンでも食べるようにゆったりと文庫本を読んでいるのだが、この日もそうだった。それまで熱心にページを捲っていた係長は秋名の声に文庫本をぱたりと閉じた。

「秋名さんは本を読みますか？」

「あまり……」

「本はいいですよ」

「あー、いいですよねー」

声を掛けたのはほんの気まぐれで長く話すつもりはなかったのだろう。秋名は自分から話し掛けたくせにおざなりにそう言って、歯ブラシを持ってさっと逃げた。

係長は僕に目を向けた。

「田中君は本を読みま――」

「読まないです」

係長がゆっくりと目を瞬いた。

無意識に言葉を被せて質問を切ってしまった非礼に気付き、

「あ、ごめんなさい」

スマホを置いて身体ごと係長に向き直って質問を返した。

「係長は本がお好きなんですね？」

「はい。特に、文章の美しい本が好きですね」

「文章、ですか？」

「美しい文章を読むと心が休まります」

係長の目が眼鏡の奥で暖かな水面のようにきらきらとした淡い熱を帯びた。

「美しい文章に出会うと、かくも美しい言葉の使い途があるのか、とね。いたく心を打たれるのですよ。それがありふれた言葉であっても、組み合わせ次第で新しい視界がぱっと開ける。……私にとって本は心の風通しを良くする清涼剤のようなものですね」

「そういう読み方もあるんですね。知らなかったです」

僕は感じ入った振りをした。

「本に限らず物事の愛し方は人それぞれですね」

係長が柔和に笑んで、ふと表情を改めて話題を転じた。

「ところで田中君はいつ、休んでいますか？」

不思議な質問だと思った。

お昼休憩なので、今まさに休んでいると言えば休んでいる。恐らく、肉体的な休息ではなく、精神的な休息のことを問われているのだろう。

「——一番心が休まるのは、家に一人でいる時です。あとは……、夢調査明けの帰り道ですね。あの時はとても〝休んでいるな〟と感じます」

夢主の感覚が完全に身体から抜けきって、帰り道を歩いている時。まるで深い眠りの湖底から浮上して水面を破って顔を突き出すような、全身の細胞が生まれ直ったような爽快感。あの短い時間は確かに、自分が休まっている気がする。

係長は深く頷いた。

「ああ。あれは確かに、素晴らしい感覚ですね。調査員最大の役得と言ってもいい。そうですか。田中君はあの時に休んでいると感じますか……」

そして、僕を見た。まるで見透かされているような、僕の知らない何かを見られているかのような不思議な感覚に、ふとデジャヴを覚える。

何だろう。いつだったか、誰かに同じような目を向けられたような……ああ、そう見たのだった。

係長が何事か考え込むように言う。

「少し話が飛躍しますが、私はね、最近の若い人を見ていると、嘘を吐くのが上手だな、と感心するんです」

「嘘、ですか？」

「昔の若い人たちよりも今の若い人たちのほうが振舞いがスマートに感じるんですよ」

「そうですか……」

発言の意図を測りかねて曖昧に首を傾げると、係長は先を続けた。

「ＳＮＳ等で行動や発言に対する周囲の反応の可視化が進んだ影響もあるのでしょうかねぇ。けれども、感心すると同時に心配にもなるんです。心が休まる暇があるのかな、と」

3

だ。初めての夢調査の後、打ち合わせをしている時に加瀬さんが似たような目で僕を気象庁が関東地方の梅雨入りを発表して数日が経ったある日のことだった。

「すみません。夢調査の申請をしたいのですが」

じめじめと湿った空気の中、水色のワンピースからすらりとした手足を覗かせた涼やかな若い女性がカウンターにやってきた。

「はい。どうぞお掛けください」

僕が促すと女性は着座して、鞄から茶封筒を取り出し、三つ折りの用紙を丁寧に開いてこちらに差し出した。

「私は葛西という者なのですが、こちらは調査していただきたい方のお姉さんから預かってきた委任状です」

受け取って内容を確認する。

【委任状
私、梨本美里は弟である梨本翔（住所　××県××市□□町9番地　栗山荘10
1）の夢調査申請を葛西香耶（住所　××県○○市△町12番地2　ハイツパロマ20
3）に委任します。
住所　××県××市××町4番地1　梨本美里】

――委任状。

委任状を取り扱うのは初めてだった。

頭の中で夢調査法の申請資格に関する条文を思い出す。……夢調査申請の資格があるのは調査対象者の配偶者、直系の親族、兄弟姉妹に限られる。ただし、申請資格者から委任されれば第三者による申請も可能だ。今回は調査対象者のお姉さんからの委任状があるので、葛西さんからの申請も受け付けることができる。

僕はカウンターの下から申請書を引き出した。

「ではこちらにご記入をお願いします」

葛西さんがボールペン片手に栗色（くりいろ）の長い髪を耳にかけると、華奢（きゃしゃ）なデザインのピアスが微かに揺れた。申請者の住所、氏名、生年月日、電話番号、調査対象者欄の住所、氏名、生年月日まではすらすらと筆が進んだが、続き柄で手が止まった。

「あの……」

「はい」

葛西さんの大きな瞳が僕を捉える。

「あの……恋人、の場合は、恋人と書けばいいでしょうか」

梨本翔さんと葛西さんは恋人同士らしい。特に規定はないのでわかりやすく【恋人】と記入してもらった。

本人確認、申請書や委任状の内容確認等、一通りの手続きを終えてから尋ねる。

「差し支えなければ、具体的に梨本さんの気になる点を教えていただけますか？」

僕は調査経験を重ねるうちに、申請者からの聞き取りの重要性を実感していた。

調査対象者に関して積極的に話してくれる人もいれば、何かをきっかけに話し出す人、質問には答えてくれる人や質問を拒む人、全く話したがらない人……本当に色んな申請者がいる。申請者の人柄に合わせた聞き取り方をする必要があるので、相手によっては緊張する。

葛西さんは書類を僕が読める向きにして渡してくれたり、申請書記入後にボールペンをそっとペン立てに戻してくれたりする。些細なことかもしれないが、そういう些細なことに気を遣ってくれる人は大体皆優しい。優しい人は話しやすいし、結果的に聞き取りもスムーズにできる。ので、安心していたのだが、

「何て言えばいいんでしょう……あ、ごめんなさい……」

唐突に葛西さんの瞳が涙で潤んだので僕は焦った。

葛西さんはハンカチを取り出そうとしているのか慌てて鞄を開けた。僕はティッシ

ュを求めてうろうろと視線を彷徨わせた。すると、秋名が堂々とした足取りでやってきて私物のティッシュ箱を葛西さんに差し出した。

「大丈夫ですか？　これ使ってください！」

「ありがとうございます」

葛西さんがティッシュを一枚取り出し、押さえるようにして目元を拭う。

「何泣かせてんの？」

秋名に非難され、否定しようとすると、「いえ、違うんです」と葛西さんが首を振った。葛西さんはすぐに落ち着きを取り戻したが、秋名は申請書をちらっと見ると当然のようにその場に居座り、尋ねた。

「彼氏さんってどんな人なんですか？」

それを受け、葛西さんが話し出した。

葛西さんから得た情報をまとめると、調査対象者の梨本翔さんは葛西さんの二歳年上の二十六歳。人当たりが良く明るい性格で周囲に気を配るのが上手い。就職と同時に実家を出て現在は一人暮らしをしており、趣味はフットサルで、週に一度気の合う仲間たちと隣町の運動場で汗を流しているらしい。

秋名が追加で尋ねる。

「梨本さんのお仕事は何ですか？」

「銀行員です」

「ふんふん。仕事関係で悩んでいるとか」

「仕事の悩みではないと思います。曖昧で申し訳ないんですけど……もっと個人的なことで何かあるんじゃないかって感じるんです。自分一人で抱え込んでしまっている悩みが。翔さんとは二年付き合っているのですが、付き合い始めた頃から彼が無理をして笑っているように見えることがありました。最初の頃は時々だったんですが、最近は頻繁で。具体的なことはわかりませんが、何かに悩んでいるように見えるんです」

「ははーん。女の勘ってやつですね」

秋名が訳知り顔で言いながら、膝を組んだ。

——若干馴れ馴れしい気がする。失礼ではないかと思ったが、葛西さんは特に気分を害した様子もなく頷いた。

「勘……。そうですね、勘と言えば、勘です」

そして、視線を秋名と僕に交互に向けながら言った。

「本人に直接聞いても悩みなんて無いよと言います。翔さんのご家族にも相談したんですけど、お母さんもお姉さんも全く心当たりがないようで。でもこういうのって、押し付けがましいというか、余計なお世話なのかもしれないのですが、私が何とかしないといけない類のものだっていう予感がするんです。それで今日――」

僕は言葉を引き受けた。

「――夢調査申請にいらっしゃったんですね」

「ええ。そうです。彼、唯一眠っている時だけは全てのことから解放されて、心の底から寛いでいるように見えるんです。だからもしかしたら、眠っている時に何かヒントがあるんじゃないかって思いまして……」

「わかりました！　私たちに任せてください」

秋名が力強く言うと、葛西さんは、すっと立ち上がり、深々とお辞儀をした。

「どうぞよろしくお願いします」

僕も立ち上がり頭を下げると、彼女は微笑んでもう一度小さく会釈し、歩き去った。

葛西さんがいなくなった後、秋名は添付物である写真を手に取って眺め、

「ふーん……イケメンじゃん。……私の好みじゃないけど」

そう言って僕に手渡した。

一体どの立場から物を言っているのだろうと思ったが、彩海ちゃんの調査で険悪に

なって以来、秋名が久しぶりに僕に歩み寄ってきたので、空気を壊さないよう顔には出さずに受け取った。

——これは葛西さんが撮ったのだろうか。

不意に名前を呼ばれるか何かしたのだろう。写真には振り返り様の爽やかな男性の姿が写っていた。さり気なく整えられた短髪に凜々しい眉、すっと鼻筋の通った均整の取れた顔立ち。清潔感のある水色のシャツを腕まくりしている。肩の力が抜けた柔らかな笑顔から、撮影者と被写体の親密さが読み取れる。たぶんこれは心許された人だけが引き出せる類の特別な笑顔だ。そして、写真からは葛西さんの言う〝何か〟は僕には感じ取れない……。

僕が写真を見つめていると、

「女の勘、ね……」

秋名がそう呟いた。

4

申請を受けて二日後の午後十一時半、秋名と僕は調査準備室の扉を開けた。

秋名と組むのは二回目だ。梨本さんが眠るのは午前零時頃とのことなので、まだ時間には余裕がある。

「ぶっちゃけ、田中はどう思う？」

秋名に問われ、

「何が？」

僕は調査室の鍵を開けながら聞き返した。

「梨本さんのこと」

「まだ何とも言えない」

状況的に、夢に入らないと今回は特に何とも言えない。曖昧なことが多過ぎる。スウェット片手に更衣室に入りながら秋名が言う。

「梨本さんって銀行勤めだっけ。横領しちゃったとか？」

「――言っていいことと悪いことがあるよ」

今の発言はさすがに受け流せない。

壁の向こうで秋名が冗談じゃん、とため息を吐く気配がした。

「まあでも、実際？　なんだかんだで一番可能性が高いのは浮気だよねー。男って浮気するじゃん？」

浮気は性別よりも個人の問題じゃないかと思ったが僕は聞き流した。

しかし、単純に一つの可能性として浮気は考えられた。

別居しているとはいえ家族は何も感じず、葛西さんだけが梨本さんの異変を感じ取っているのであれば、それは葛西さんが人よりも鋭いか、もしくは梨本さんが彼女に対してだけ何かしら負い目のようなものを抱いている可能性がある。

着替えを終え、布団を敷いている時、衝立越しに秋名の姿が視界に入り、思わず僕は二度見した。既に敷き終えた布団の上で片膝を立て、手鏡に向かって目を見開いたり鼻の下を伸ばしたりしている。僕の視線に目敏く気付き、秋名が怪訝な顔をする。

「にゃに？」

「顔……」

「ああ、これ？　顔面ほぐしてんの。美顔マッサージ」

僕は思考のスイッチを切り、秋名から目を逸らした。

布団に入り、軽く身体を伸ばし、調査に向けて気持ちを集中させる。

今回の調査はわからない部分が多い。

大抵の場合、申請者は対象者の〝ここ〟が気になる、という具体的な症状のようなものがある。今回のように〝何かがあるかもしれない〟という曖昧な依頼は初めてだった。わかりやすい症状がないということはつまり、調査の手がかりが少ないということだ。となると一層、夢主の細かい機微を積極的に掬い取る必要がある。

ひとまず、気持ちを柔らかく構える。

今まで加瀬さんと調査に行って学んだことは、焦らず逸らず夢主の出方を見ることの大切さだ。相手が動き出すのを静かに待つ合気道の選手のように。——頭でわかっていても、実際にやるのは難しい。実際にはできなくとも、気構えだけは真似をしてみる。

午前零時十分前。

「そろそろ行く？」

尋ねると、

「うん」

秋名がうつ伏せになった。

おやすみ、を言い合い、僕は電気を消した。

＊

天井でミラーボールがくるくると回っている。

赤や青、緑に黄色……色とりどりの光の破片が薄暗い会場を三百六十度悠々と旋回する中、ドラムやベースの重たいビートがまるで直接音を打ち込まれているみたいにずんずんと身体の芯まで響く。顔はよく見えないが周りの人たちが熱狂している。僕は熱狂の渦の中にいた。横を見れば、秋名が呆けたような顔をしてステージを見つめている。そこにはギターにベースにドラムのスリーピースバンドの姿があった。

ライブハウスだ。

そう理解した時、ステージ中央の男性がギターをギューンと鳴かせ、マイクをガッと掴み、スタンドを蹴倒した。

「皆、今日は集まってくれてありがと――――う！　盛り上がっていこうぜ――い！」

スポットライトが四方八方に踊り狂い、観客がわーっと歓声を上げる。

「聞いてください‼　一曲目！　〝リトルダンス〟！」

男性がマイクに向かって叫ぶと、ドラムのスティックが、チ、チ、チ、チ、と拍を取り、ギターが明るいイントロを奏で出した。

ギターボーカルが歌い出す。

全く知らない曲だ。

蒼っぽい暗がりの中、曲に合わせて観客が身体を揺らす。一体感のある会場で、秋名と僕は完全に浮いていた。秋名は腕を組み、ミラーボールの光の破片を浴びながら、ステージ上の男性を睨みつけ、僕の耳元で言った。

「アレって、あれだよね⁉」

僕には秋名の言わんとすることがわかった。

「うん。あのボーカル、梨本さんだと思う」

ギターの音色は確かに響いているのだが、さすがは夢というか、いつの間にか男性の肩から提がっていたギターが消えていた。目にかかるさらさらとした前髪を片手で振り払い、ステージ中央で気持ちよさそうに歌っているのは、写真と髪型こそ違えど夢主──梨本翔その人に見える。

「どういうこと?」

「さぁ……」

僕たちはしばらく呆然と立ち尽くしていたけれど、曲がサビに入った時、僕はあれ、と思った。

「ねぇ、秋名」

「何？」

「この曲――」

〝おどろう　おどろう　おどろうよ♪〞

「え？　何。聞こえない」

〝秘めたる魂　解き放て♪〞

「この曲、どこかで――」

「何!?」

苛ついた秋名が声を張った。その声が大き過ぎたようだった。

曲が止み、まるで糸が切れたかのように全観客の動きが不気味に止まった。

梨本さんの視線が僕たちを鋭く射る。と、僕たちの周りの観客が魔法のように跡形もなく消えた。不自然にひらけた空間にぽつんと立つ秋名と僕の姿に夢主は驚いたように目を見開き、警戒心も顕わに低い声を出した。

「――誰？」

何故だかはわからないが――夢に紛れ込んでいることがバレた。

すると何を思ったのか、秋名がステージに向かってつかつかと歩き出した。

「秋名」

まずい、と思い止めようとしたがもう、遅かった。

「アンタさぁ、ふざけた歌うたってないでちょっとこっち来な」

秋名は他人を従えることに慣れていて、無意識でやっているのか敢えてやっているのかわからないが夢主にほとんど命じるように言った。どうやら説教を始めようとしている。すると、

「いや、お前何様だよ」

夢主の感情のこもらない目が秋名に向けられ、

「不快な奴だな」

彼が呟いた、次の瞬間。

まるで足元を捲られたように、僕たちはふっと暗闇に転がり落ちた。

*

真っ暗だ。

……何が起こったのだろう。

しゅわしゅわと全身の細胞が細かく泡立つような奇妙な感覚にもしやと思い、天に向かって手を伸ばすと、紐らしきものが指先に触れた。

掴んで引っ張る。

明転。

白々しく明かりを灯す蛍光灯、天井、ふっくらとした布団、竹製の衝立……調査室だ。ゴソ、と衝立の向こうで秋名が動いた。

夢から追い出されたように感じたけれど、今のはなんだったんだろう。そう秋名に話し掛けようとして僕は口を噤んだ。上半身だけ起こした秋名は呆然としていた。竹格子越しにも顔が蒼白いのがわかる。僕は何故か直感的に、今の夢主からの拒絶は秋名にとって繊細な、触れてはいけない出来事なのだと感じた。

調査室は痛いくらいの静寂に満ちている。

時計を見る。

――まだ午前一時。もう一度調査に行こうと思えば行ける時間帯だ。どうしようかと思った時、加瀬さんの声が脳裏を過った。

『相手のあることだから』

それは、僕が彩海ちゃんの調査での出来事について、研修から戻ってきた加瀬さんに報告した時のことだった。

『対応に困った時にはちゃんと周りに相談しろ。特にイレギュラーが発生した時には。周りに力を借りるのも仕事のうちだ。優先すべきは、夢主と申請者だろ。何が何でも自分の力でやり通そうとするのは自己満足だ』

——今夢の中に入れたとして、夢主にとってそれはどうだろう。

意図的に僕たちを排除したのであれば、夢主は僕たちが夢の中に再度現れることを警戒しているだろう。警戒している最中に出現すれば、彩海ちゃんの時の二の舞で、梨本さんは今後落ち着いて眠れなくなってしまうかもしれない。

周りに相談して態勢を立て直そう。そもそも——僕はちらっと秋名を見た。前に一度組んだ時も調査明けは具合が悪そうだったが、彼女は今回も具合が悪そうだった。

「今日の調査は中止にしよう」

僕が言うと、秋名は微かに頷いた。

「ここで朝まで休むのと、帰って家で休むのとどっちがいい？　もし家のほうが良ければ送ってくけど……」

反応がない。

「大丈夫？　飴食べる？　苺ミルク」

秋名が微かに首を横に振る。

「ここにいる？」

聞くと秋名は頷き、僕に背を向けるようにして布団に横たわった。

僕はそっと布団に背を着けた。

蛍光灯のオンオフは天井裏に設置してある夢調査システムと連動している。明かりを消すとシステムが起動して調査室内に磁場を発生させ、氏名、生年月日、住所、本籍等の個人識別情報と床框の添付物から発生する気から対象者を識別し、対象者の夢へと辿り着く仕組みになっている。システムが起動した状態で眠ってしまうと夢主の夢の中に入ってしまうので、僕は明かりをつけたまま目を閉じた。

瞼の内側の赤っぽい闇の中で見てきたばかりの夢を反芻する。

——夢主は、銀行員を辞めてバンドをやりたいのだろうか。

そう思い、すぐに思い直す。マイクを握りしめ、会場と一体となった夢主は楽し気ではあったが、途中から彼の肩から提がっていたはずのギターが消えていたし、ベースとドラムの顔は思い出せないくらいぼんやりとしていたことを考えると、楽器やメンバーに対する思い入れは深くはなさそうだ。それに、サビのメロディーだけうっすらと聞き覚えのあったあの曲は、恐らく彼のオリジナルではないだろう。

気になるのは、まるで蠟燭の火を吹き消すように夢主の一睨みで一斉に消えた観客たちだ。あれは一体何だったんだろう。夢主が意思をもって能動的に消したように見えたが、夢の中でそんなことが可能だろうか。それから、「不快な奴だな」と呟いた時の口調。熱も冷たさもない、感想から感情を取り払って言葉だけを抽出したような平べったさに違和感があり、妙に心に引っ掛かった。

秋名は夢主の最後の言葉をどういう風に捉えただろう。

様子を窺う(うかが)と、既に眠っているのか秋名は置物のように静かだった。

——それにしても。

まだ秋名と組んだ回数が少ないからわからないが、調査明けの秋名は毎回こんな状態になるのだろうか。

「その夢主は夢をコントロールしているのかもしれないな」

調査の一部始終を報告すると、加瀬さんが言った。

「たまにいるんだよ。自分の夢を好きにコントロールできる人って」

「あー、そういうことね！　納得だわ」

午後の気怠い空気の中、打ち合わせスペースで加瀬さんに応える秋名はいつも通り、いやいつも以上に元気のいい秋名で、ちょっとひねた空気を漂わせていこそすれ、ほぼ十二時間前、調査明けに見せた具合の悪そうな様子は影も形もなかった。

「どの程度コントロールできるかは人によるみたいだけどな。場面から登場人物まで夢を丸ごと自分の意思で創作できる人もいれば、空を飛ぶとか自分の行動だけを自由にできる人もいる」

　加瀬さんの説明に、僕は頷いた。

「だから梨本さんは観客を消すことができたんですね。梨本さんは僕たちが残っているのを見て驚いていたんですが、コントロールが利かない存在に驚いていたと考えれば筋が通ります」

　秋名が不機嫌に言う。

「で、夢の中で好き勝手やっていい気分になってたところを邪魔されたからムカついて私らを追い出したってわけね」

　その目が完全に据わっている。

　僕はちらっと加瀬さんを見た。

　僕たちには夢主の夢を批判する権利はない。そもそも梨本さんに招かれた訳じゃないのに、勝手に夢に押し入って、しかもその在り方に文句をつけるなんて筋違いだ。

今の秋名の発言は自分の立場を弁えていないことの証左だから、指導が入るかもな、と思った。しかし加瀬さんは表情を変えず、何も言う気配がないので、僕は話を本筋に戻すことにした。

「――夢のコントロールができることは一旦置いといて、まずは夢の中から得られた手がかりを――」

急に、頭の中で言葉が迷子になった。

ふふふん、ふふふん、ふふふんふ～という小嶋さん独特の鼻歌が耳に届いたのだ。

「……あ！」

僕は思わず立ち上がって叫んだ。

「どうした、急に？」

「加瀬さん、すみません。ちょっと、確認したいことが……」

急いで小嶋さんの席に回り、その背中に声を掛ける。

「小嶋さん、今お時間大丈夫ですか」

「おいよー」

小嶋さんが椅子ごとくるーっと回転して僕に膝を向けた。

「あの、今の鼻歌、もう一度歌っていただけますか」

「？　今のって、これ？」

ふふふん、ふふふん、ふふふんふ～

「それです、その歌！」

すると小嶋さんの目が熱っぽく輝いた。

「いいよね、〝リトルダンス〟！　オレ大好きだよ」

それで秋名も気付いたらしく、あ、という顔をした。

「何だよ田中君！　同志だったのかい？　好きならそうと早く言っておくれよ！　これ見て絶っっ対気付いてただろう？」

小嶋さんは机上からぱっと丸くて薄い物を取り上げた。水色の髪の少女のイラストと『**いっしょにおどろう♡**』の文字――初めて調査申請を受け付けた時に添付物にさせてもらったマウスパッドだ。

「いや、そうではなくて。今小嶋さんが口遊(くちずさ)んでいた曲を、夢主が歌っていたんです！」

加瀬さん、秋名、僕の視線が一挙に小嶋さんに集まる。

三人分の視線を受けて、小嶋さんはのんびりと首を傾げた。

5

「田中君、トイレには行ってきたかい？」

地下へと続く階段を連れ立って降りながら小嶋さんは言った。

夢主の反応を鑑み、調査と調査の間を広めに空けたほうがいいだろうという判断で、梨本さんの一回目の調査から十日後のことだった。

「はい、行きました」

調査の初歩的なミスとして真っ先に挙げられるのが、夢の中での尿意だ。対策は単純で、寝る前にトイレに行くことである。因みに、どうしても我慢できなくなってしまった場合は調査を切り上げるしかない。さもなければ悲劇が起こる。

「いいかい。夢調査は車の運転と同じで慣れ始めが一番怖い。油断してはならぬぞ」

僕は調査準備室の鍵を開けながら、肝に銘じます、と返した。

小嶋さんと組むのは初めてだ。

小嶋さんが梨本さんを担当したほうがいいのではないかと言い出したのは秋名だった。小嶋さんによると梨本さんが歌っていたのは、引っ込み思案な女子高生がひょんなことからダンスを始め、三人の仲間と共にダンス大会で日本一を目指す熱い青春アニメのエンディングテーマらしい。

僕も担当替えに賛成した。単純に好きなものが同じということは相性がいい可能性が高いというのもあるが、一回目の調査で秋名が面と向かって「不快な奴だ」とバッサリ切られてしまったのと、秋名自身も梨本さんに嫌悪感を抱いてしまっているのが理由として大きい。そんな状態でまともな調査ができるとは思えない。

寝間着に着替え終えた時、更衣室のドアの向こう側から、

ぬああ！　と小嶋さんの叫び声がした。

ドアを開け、

「大丈ぶ……」ですか、と聞きかけて口ごもる。

「あの、小嶋さん……」

「何だい、田中君」

小嶋さんは高校名の入った小豆色のジャージ姿で、両腕いっぱいにクレーンゲームの景品と思われる様々な形のぬいぐるみやクッションを抱えていた。その足元には更にいくつかのクッションが転がっている。ロッカーを開けた時に雪崩を起こしたらしい。

「そんなにたくさん、どうするんですか」

「布団に撒いて寝床を凸凹にするんだよ」

　何故。

　それしか言葉が浮かばず何も返せずにいると、小嶋さんは朗らかに続けた。

「凸凹していると、寝返りを打った時に身体の各部が伸ばされて気持ちいいだろう？」

　むしろ身体の各部が変に圧迫されて痺れてしまうのではと思ったが、小嶋さんが快適ならばそれでいいと思い直し、そうなんですね、と頷いた。

「小嶋さん、あの、枕は？」

「いつも不思議に思うんだけど、眠る時に頭の下に何かを敷くって、そんなこと誰が決めたんだい？」

　小嶋さんはざっくりと布団を敷き終えるとその上にぬいぐるみやクッションをばら撒いて、思いっきり仰向けになった。うーんと伸びをして、うっとりとする。丈の短いジャージの裾からお腹が覗いているが気にする素振りはない。まるで自分の家にいるかのようにすっかり寛いでいる。

「ああー極楽……」

小嶋さんがくねくねと寝返りを打つ。隣で僕が布団を敷き終えると、彼は布団を被り、拳を宙に突き上げた。

「田中君！　いざ行かん、夢の世界へ！」

「はい、今日はよろしくお願いします。電気、消しますね」

僕は電気紐を引いた。

*

目を開けた時、僕は薄蒼い闇の中にいた。

正面には照明の落ちたステージがあり、ステージに向かって赤い座席シートがずらりと並べられ、見上げれば二階席もある。どうやら小さな劇場か市民会館のホールのようだ。僕は小嶋さんと並んで一階中央の最後列に座っていた。僕が目視できる範囲、左右の壁から張り出した二階席、一階席は満席だ。

会場はしんとしている。

と、暗いステージの袖から誰か出てきた。暗い中でも女性のシルエットだとわかる。一歩歩く度に女性の足元で光の粉がきらきらと舞い上がった。

「小嶋さん」

「シッ」

話しかけようとすると、小嶋さんはいつになく真剣な顔で僕の言葉を制した。

しゃらしゃらと華奢なピアノのイントロが流れ出す。僕にはそれがアニメ〝リトルダンス〟のオープニングテーマだとわかった。また夢に出てくるかもしれないからこれを見て学んでおくようにと小嶋さんから三日前に渡されたアニメのＤＶＤを全て観ることはできなかったが、一話と最終話だけを鑑賞し（なんて酷い観方をするんだ！と小嶋さんに嘆かれた）、ネットで調べたストーリーと登場人物の特徴を箇条書きにしてノートにまとめ（小嶋さん「作品を台無しにしないでくれ！」）、アニメの内容はギリギリ頭に入っている（「君は何もわかってないよ田中君！」略）。

ステージの女性が歌い出すのと同時に巨大なバックモニターがぱっと明るくなり、道を歩く女子高生の足元を映し出し、ゆっくりと画面が上昇していき、足元の主である水色の髪の主人公、花坂チコリを捉える。一人、二人と合流してきた仲間と共に主人公が神社の階段を駆け上っていき、曲のテンポも上がっていく。画面が青空を抜き、ライトがふわっと客席を照射して会場全体が光に満ちた。

小嶋さんはステージに目が釘付けだ。鋭い、匠のような目をしている。ステージ上に調査のヒントを探しているのだろうか。ステージの観察は小嶋さんに任せることにして僕は一旦、夢主の居場所を押さえることにした。

「夢主を探してきます」

　そうっと席を立ち、曲が次から次へと展開していく中、極力姿勢を低くして会場内の客席を一列ずつ、一人一人の顔を見てまわる。これが一苦労だった。人の顔をよく見ようとすると細部までは創られていないのか、見よう見ようとするほどに焦点がぼやけていき、頭がぼんやりとしてしまう。

　夢主は一階最前列の真ん中でリズムに合わせて左右にペンライトを振っていた。列を見ただけで彼がそこにいることは一目瞭然だった。一人だけ輪郭がくっきりと浮き上がっていたのだ。

　報告するために小嶋さんの元に戻ると、一体どこで手に入れたのか、彼もまた曲に合わせてペンライトを左右に振っていた。

「小嶋さん、いました、見つけました。最前列の真ん中です」

　耳元で囁くと小嶋さんは険しい顔で何か言った。聞き取れない。「夢主、見つけました」と報告を繰り返すと、ちょいちょい、と手招きされた。

　耳を近づける。

「今それどころじゃないよ！」

……怒られた！

そしてまた曲に合わせてペンライトを振り始める。

いや、小嶋さん仕事してください。思わずそう言いたくなったが、ぐっと飲み込んだ。何か考えがあってのことなのかもしれない。

ライブが終わると、「変に接触しないほうがいいのでは」という僕の意見を押し切って小嶋さんが両手でぱちぱちと盛大に拍手をしながら夢主に近づいていった。

「すばらしい……梨本さん！　あなたは素晴らしい！」

怪しい。僕から見ても小嶋さんは不審者じみている。

「だ、誰だよ、あんた」

案の定、梨本さんが席を立ち警戒心も顕わに後退ろうとする。小嶋さんはすかさずその場で胸に手を当て、深々と頭を下げた。

「私は小嶋……〝リトルダンス〟並びに栗原花さんを深く愛する者です。梨本さん、今日は本当にありがとうございます。いいものを、本っ当に、いいものを、見せていただきました……！」

頭を下げたまま顔を上げない。

調子が狂ったのか、梨本さんは戸惑ったように言った。

「あんた、泣いてるのか……？」

小嶋さんが鼻を啜る。

「……すみません……最後の歌で思い出しちゃって。チコたんの号泣シーンを。あの子ほら、何があっても絶対に泣かないじゃないですか。それなのに、ああ……何万回でも泣ける」

感極まったのか、小嶋さんは、すみません、と目頭を押さえて肩を震わせた。夢主はぽかんと口を開けていたが、ややあって声を出した。

「あの、あんた」

「小嶋です」

梨本さんがぽりぽりと鼻の頭を掻く。

「小嶋さん。……良かったら、あと二、三曲見ていきます？　まだ朝まで余裕があると思うんで」

＊

調査明けの打ち合わせで、小嶋さんはほくほく顔で幸福を噛みしめるように言った。

「いやー、良かったねぇ。まさか栗原花ちゃんのライブが見られるとは」

「栗原さんってステージで歌ってた人ですか？」

「そうだよ。栗原花ちゃん知らない？」

小嶋さんによると、栗原花という声優が主人公を演じており、〝リトルダンス〟のアニメの挿入歌も歌っているらしい。僕はルーズリーフの主人公のメモ欄に、【声優は栗原花 ※挿入歌兼務】とメモを書き加え、ペンを置いて少し考え込んだ。

「どうしたんだい、田中君？」

「――梨本さんって、アニメオタクなんですかね」

「十中八九、そうだろうね」

「でもなんていうか……観客の人たちも大人しくて、オタクのライブっぽくなかったなと思いまして」

葛西さんは梨本さんがアニメ好きだとは一言も言っていなかったし、僕にはいまいちライブの雰囲気がしっくりこなかった。

「田中君のイメージするオタクのライブってどんなんだい？」

「オタクって踊ったりするじゃないですか。こういう感じの……」

僕の頭の中には曲に合わせて体いっぱいに腕をキレッキレに振り回すオタクたちの画が浮かんでいる。所謂(いわゆる)オタ芸というやつだ。それくらいの知識ならば僕にもある。僕はうろ覚えの知識を頼りに腕を軽く伸ばしてくるくると回し、着地点に迷い、最後に綱引きのようなポーズをして見せた。

しかし小嶋さんはとんでもない、とばかりに目を剝いた。

「田中君！　それはひと昔前だ！　決して調査中にやってはいけないよ！」

「はい」

やれと言われてもできないと思うが、一応素直に頷いておく。

「いいかい。我々ファンは節度を保ち、周囲への気配りを忘れることなく、歌い手のペースを乱すことなく、最大限のパフォーマンスを発揮してもらい、それを享受する。それが我々の幸福でもある。つまり！」

小嶋さんが人差し指を立てた。

「重要なのはライブ中、紳士であること。いいかい、これはとても大切なことだ。今後のために覚えておくように」

打ち合わせは、打ち合わせというよりはオタクの心得的なことばかりだった。その甲斐(かい)あってかどうかはわからないが、

「小嶋さん！」

「梨本君！」

小嶋さんにとっては二度目、僕にとっては三度目となる調査で、二人はがっしりと握手を交わしていた。

「今日のライブも、素晴らしかった」

この日のライブは前回と同じような会場で、〝リトルダンス〟とは別の僕の知らないアニメの声優がステージを舞った。

「ありがとうございます。……ところで」

梨本さんはさらりと言った。

「どうして調査員が俺の夢に出てくるんですかね？」

下手に嘘を吐くと梨本さんに不信感を抱かせてしまう。不意打ちで内心動揺しつつ、平静を装って僕は聞き返した。

「どうしてそう思うんですか？」

梨本さんがふっと笑う。

「誤魔化すのが下手だね。調査員って何？　とか、何の調査員？　って聞き返せばいいのに」

　ぐうの音も出ない。

「まあでも、知ってることについて知らない振りをするのって難しいからね……」

　調査は三回目だけれど、梨本さんとこうやって落ち着いて話をするのは初めてだった。隙が無いスマートな外見をしているせいか何となく近寄り難い印象を受けたが、近くで見るととても優しそうな目元をしている。

　梨本さんが柔らかく言う。

「俺、自分の夢をコントロールできるんですよ。ちょっと前の夢で、ライブ中にものすごく想定外に動く観客がいて、なんでだろうってネットで調べてたら夢調査の調査員の存在を知って。あなたとか――」

「僕は田中と言います」

「田中君なんてもう三回も見てるから、もしかしたら俺は今調査されてるのかなって」

「そうです。オレたちは調査員です」

　小嶋さんがあっさりと認めた。僕は思わず小嶋さんを見た。

「それ言っちゃっていいんですか？」

「だってもうバレてるんだもん。隠しても意味ないよ」

梨本さんは、やっぱり、といった具合に頷くと、沈痛な面持ちで僕に向き直った。

「あのさ、田中君。悪いんだけど君の最初の連れの子に謝っておいてくれないか。不快な奴って言ってごめん。あの時はまさか二人が調査員だと、相手が実在の人物だと思わなくて、言葉がぽろっと出ちゃったんだ」

梨本さんは必死だった。

「初対面の人に対して、あれは無いと自分でも思う。傷つけるようなことを言って本当に申し訳なかった」

「いえ、そんな。こちらこそ申し訳ありませんでした。無礼なことを……」

「いや、謝らないで。あの時の子によろしく言っといて。頼んだよ、田中君」

「――わかりました。申し伝えます」

僕は面食らった。一方で、あの時感じた違和感の正体がわかった。あれは秋名へ投げかけた言葉ではなく、自分だけの世界だと思っていたからこその無防備な独り言だったのだ。

梨本さんは緊張を緩めるようにふうっと息を吐いた。

「ところで、申請者は誰ですか？」

「それはお答えしかねます」

小嶋さんがきっぱりと言う。

「香耶ですか？」

秘密を守る時には下手に反応をせずに沈黙するのが一番だという加瀬さんの教えを思い出し、僕は黙った。小嶋さんも何も言わない。

「……姉？」

梨本さんが自信なげに言う。

小嶋さんは沈黙を続けた。梨本さんも黙っている。二人を見比べて、僕は言った。

「ごめんなさい。言えないんです」

せっかく夢主と小嶋さんの心の距離が近いのだから、二人の距離が離れないよう事務的な話は僕が引き受けようと思った。

「んー、まあ、役所だと守秘義務とか色々あるもんね。……じゃあ、ネットに夢の内容を申請者に伝えることはないって書いてあったんだけど、それは本当？」

彼はきっと、夢の内容を申請者に知られてしまうことが不安なのだろう。

「本当です。夢の内容は夢主の個人情報ですので。夢の中に誰が出てきたとか、いつどこで何をしていたか等、夢の具体的な内容を申請者に伝えることはありません」

「じゃあ、申請者への結果報告はどうやってるの？」

「規定の調査報告書で行っていますが、報告書は夢の内容に触れない仕様になっています。具体的にはいくつかの調査項目があり、それらを五段階評価し、最後に簡単に総括の文章を加えます。総括も具体的な夢の内容には触れませんので、その点はご安心いただければ」

梨本さんはしばらく難しい顔で考え込んでいたが、ややあって、空気を切り替えるように言った。

「あの、小嶋さん……田中君も。二人とも良かったら今から俺の家に来ませんか。家って言っても、現実の家ではなく、夢の中ですけど」

「いいのかい？」

小嶋さんが聞くと、

「ええ」

梨本さんが瞬きをした。ほんの一瞬暗転したかと思うと、焦げ茶系統の色でまとめられた落ち着いたリビングキッチンがふわっと出現した。

座り心地の良さそうなレザーのソファと、厚手の木のテーブル。いくつもの正方形の枠が幾何学的に組み合わされてできた棚にはファッション誌やダンベル等の筋トレグッズ、サボテンが飾られている。

「こっちが俺の趣味の部屋です」

　隣接する小さめの部屋には清潔そうなベッドが一つ、ぽつんと置かれていた。

「趣味……？」

「ここは誰にも見せたことがないんですけど、もう色々見られちゃってるし、二人にならいいかな……」

　梨本さんがクローゼットを開けると——そこには様々なアニメグッズが山積みになっていた。梨本さんはその中からゲーム機を取り出すとリビングに戻り、僕たちにソファを勧め、自分は丸いクッションの上で胡坐をかいた。

　そして、梨本さんと小嶋さんがゲームを始めた。〝リトルダンス〟のストーリーを模したゲームらしく、リズムに合わせて指定されたボタンを的確に押すとキャラクターが踊り、一定得点を超えると物語が進行するらしい。僕も誘ってもらったが「見ているほうが楽しいです」と辞退した。

「いきますよ小嶋さん！」

「任せろ相棒！」

　二人の指先がボタンを連打する。二人の〝好き〟が共鳴し、炸裂（さくれつ）している。

僕はこの手のゲームがどうしても苦手で無理してやっても場を盛り下げてしまうと思い断ったが、自分もやるべきだっただろうか。梨本さんが気を遣って出してくれた濃厚なコーヒーとナッツを御馳走（ごちそう）になりつつ、僕は空気を壊さないようになるべく寛いで楽んでいる振りをして画面を見つめ続けた。

「……っしゃぁ！　ナイス！」

ゲームの難所を終え、**【すぺしゃるタイム】**が始まり、小嶋さんの操作するキャラがソロダンスを始めた時、梨本さんがコントローラーを床に置き、身体の向きを変えた。

「こういうのって、田中君はどう思う？」

「どういうのですか？」

「オタク」

梨本さんが微かに笑んだ。その笑みが僅かに引（ひ）き攣（つ）っている。

「君はオタクじゃないだろう？　だからこそ田中君の意見を聞きたいんだ。率直にどう思う？」

梨本さんが僕を見上げる構図になってしまっていることに気が付いて、物理的に視線の高さを合わせるために僕はソファから降りて床に座り直してから答えた。

「……好きなんだな、と思いました」

「それだけ？」

「はい」

「――本当に？」

カチカチとコントローラーの音が弾ける。

画面では賑やかな音楽と共に女の子がくるくる踊っている。

梨本さんが真剣な顔で僕を見つめる。彼の「本当に？」の後ろにはたくさんの言葉が隠れている気がしたから、僕は黙って頷いた。わざわざこちらから本音を引き出そうと働きかけるまでもなく、彼は自発的に心中を語りたがっているように感じた。

案の定、梨本さんは額に手を当て、ふー、と深いため息を吐いて言った。

「俺さ、オタクだって、彼女に言ってないんだよね」

僕は驚かなかった。そうだろうな、とは思っていた。葛西さんが感じていた〝何か〟とは、オタクをカミングアウトできないことだったのだ。

「彼女にも、家族にも、友達にも、誰にも言ったことがない。田中君みたいな人ばかりじゃなくて、オタクに対して引いたり、嫌悪感持つ人もけっこういるんだよ。

――そういうのって、わかるでしょ？」

「わかります」

ここで嘘を吐いてもきっと意味がない。

梨本さんがもぞもぞと姿勢を整えた。

「あのさ……俺は、本当は違うんだ」

「？　違うんですか？」

何が違うのだろう。

梨本さんが頭を抱える。

「いや、違うっていうか……田中君は俺のこういう姿しか見てないと思うけど、本当は、俺は学生時代からの友達も多いし、女の子とも普通に話すし、フットサルやってるんだけど、フットサルを通じて色んな業界の奴らと交流してて……って、急に、ごめん。俺は何を言ってるんだろう」

「いえ、伝わってます」

梨本さんはふっと顔を上げた。

――たぶんこれは、俺はオタクなだけじゃない、ということと、

「梨本さんはオタクっぽくないですし、私生活が充実されてそうですよね」

これが言いたいのだろう。

一瞬、間があった。

会話の中で相手の欲しい言葉を察知してそれをそのまま相手に与えると、敏い人には一瞬で言葉の製作工程がバレる。そしてそれを自分が理解されたと捉えて安心する人もいれば不快に感じたり警戒したりする人もいる。果たして、梨本さんは自嘲気味に笑った。端整な顔が小さく歪んだ。

「——今俺は田中君に、そういう風に思われたかったんだろうな」

拒絶は感じ取れない。梨本さんはむしろ話したがっているように感じられた。

だから、聞けた。

「オタクであることに対する他人の視線が気になるっていうことですか？」

「うん。要はそういうことなのかもしれない。悪い癖なんだけどさ、昔からそうなんだ、俺。他人からどう見られているかって、死ぬほど気になる。俺は、ちょっとでも他人に後ろ指差されたり軽蔑されたり引かれたりすることが耐えられない」

「梨本君！」

いつの間に音楽が止んでいたのだろう。どこから聞いていたのか、コントローラーを握りしめた小嶋さんが肩をぷるぷると震わせながら言った。

「オタクは世間体が悪い、と。君はそう言いたいのかい？」

オタク全開の小嶋さんを前にして、はいそうです、とは言い辛いのだろう。梨本さんの目が泳いだ。

「俺は——俺はただ、周りの人から、充実している人間だと思われたいだけで」

「どういうことだい？」

梨本さんの目がおずおずと、でもはっきりと小嶋さんの目を捉えた。

「俺にとって周りの人からどう思われているかって、ものすごく大事なことなんです」

液晶画面には〝Continue?〟の文字が点滅している。

小嶋さんはまるで見知った友が目の前で宇宙人に変容してしまったかのように口を半開きにして梨本さんを見つめ、コントローラーを置き、ゲーム画面の電源を切って言った。

「……わからん」

静まり返った部屋の中、気まずそうに俯く梨本さんと、床に手と膝をついて固まってしまった小嶋さんを見ていると、もしかするとこれは小嶋さんには伝わらないことなのかもしれない、と思った。どのくらい自覚があるかはわからないが、小嶋さんは他人の視点から逆算して自分を装うことをしない。いつでも全身全霊で小嶋さんであるのだから。

「恐らく」

　僕が口を開くと、梨本さんは助けを求めるように視線をこちらに向けた。

「大抵の人はカメレオンのようにその時々の状況を見ながら、どのくらい地を出すか、どのくらい周囲に合わせて自分の色を変えるかを調整しているんです。自然体で万人に受け入れてもらえればそれが一番なんですが、残念ながらそんな人間はいません。なので多かれ少なかれ、拒絶や嫌悪される可能性のある要素を隠したり、逆に何かに対して興味を持っていたり好意のある振りをして、より周囲に受け入れられやすくなるよう、認めてもらえるよう、自分の見せ方を変えているんです。

　本来、オタクは梨本さんにとって自然なことであっても、なんと言いますか、人によっては拒絶の対象になります。だから梨本さんはオタクであることを周囲に隠したい。……という理解で合っていますか？」

「うん。大体そんな感じかな」

　梨本さんが再びもぞもぞと胡坐をかき直す。その横で、小嶋さんが床を見つめたまま微動だにしないのが気になったが、僕は言葉を選びながら続けた。

「――僕は梨本さんのそのオタクを隠したい、という気持ちも一種の自然だと思います。常にオープンである必要はないですし、過剰でなければ人前で自分を添削すること自体に問題はないと思いますが、オタクを隠していて何か不都合があるのでしょうか?」

「彼女」

梨本さんが呟いた。

「香耶にオタクがバレて引かれたり嫌われたりしたら俺は立ち直れない。でも、そうやって自分を隠していると、長い時間一緒にいる時とか、すごく疲れる」

小嶋さんがすっくと立ち上がった。

「そんなの、言えばいい」

「いや、言えないですよ」

「そんなことはないぞ、梨本君」

「いや、だって。言って、嫌われたらどうするんですか」

「それはそれで仕方がない」

「――」

梨本さんが絶句した。

俄かに、部屋全体がカタカタと揺らぎ始めた。夢主が強いストレスを感じている兆候だ。もうこれ以上踏み込むのはアウトだ。このままでは夢主が起きてしまう。ここはひとまず、夢主を落ち着かせなければ。

「難しいところですよね……えっと……っ!!」

何とか宥めようと思うのだが、焦りで言葉が何も浮かんでこない。ぐらぐらと揺れる部屋のあちこちに視線を走らせながら言葉を探していると、ぐ、と胸倉を掴まれ、見ると、小嶋さんが耳まで真っ赤にして叫んだ。

「梨本君を腫物扱いするんじゃないよ！　失礼だろうが！」

そして、制止する僕を振り切り、梨本さんの両肩を掴んだ。

「なぁ、梨本君。君は本当はもう、自分で答えをわかっているんじゃないか。彼女のこと本気で、だから悩んでいるんだろう？　彼女とずっと一緒にいたいのならば、自分を偽り続けることは不可能だ。彼女の前で自分を偽り続ける限り、苦しいだけで何も進展しない！　本当のことを言うんだよ！　言ってダメなら、嘆けばいい！」

梨本さんが小嶋さんの手を振り払う。

「――無責任だ！　他人事だと思いやがって！」

もうほとんど涙声だ。部屋全体が赤味がかり、揺れがどんどん酷くなっていく。

「無責任で当然だ！　梨本君の人生に責任を負えるのは君だけなんだから！　オレら

は知らんよ！」

めちゃくちゃなことを言う。

棚がぐしゃりと潰れ、雑誌が宙を舞い、ソファがぐるんとひっくり返った。

「あああ、まずい。小嶋さん、まずいです。たぶんこれ、覚めます」

「知らん！　おい、梨本君！　まだ話は終わってないぞ！　いいか、君は！　好きな人の前では素直になるしかないんだ！」

返事はない。

夢主が小嶋さんを睨みつける。

僕の足元でずぼっと床が砕け、右足が底無しの宙をプラリと泳いだ。もう立っていられない。ガタガタの床を這い上がり、なおも夢主の元へ行こうとする小嶋さんを後ろから押さえ込んだ時、部屋が本格的に砕け始めた。

「梨本さん、今日は本当にすみません、お邪魔しました……！」

「梨本君!!」

伸ばした小嶋さんの手が、ぐにゃっと歪んだ。

そして、全てが真っ暗になった。

6

「うおおおおお！」

小嶋さんの雄叫(おたけ)びで僕は目覚めた。

電気を点けると、小嶋さんが膝をつき、拳と頭を布団に埋めていた。

「梨本君……！」

「小嶋さん、落ち着いてください。僕たちもう起きてます！」

「わかっている！　だがしかし！　これが落ち着いていられるか！」

起き抜けでも小嶋さんはいつもと全然変わらない。

「今日は一旦、帰りましょう」

全身で悔しがっている小嶋さんを促して、片付けを始める。バサリとシーツを剝いで、布団を畳んでいると、ガタガタと荒れ狂う部屋の光景が浮かんだ。

小嶋さんの必死な声。

梨本さんの傷ついた顔。

……もう誰が行っても——たとえ林田さんや加瀬さんが担当を代わってくれても

――きっと梨本さんに受け入れてはもらえないだろう。

夢調査をしていることはバレているし、梨本さんは夢の記憶がしっかり残っているタイプだ。もう既に一回担当替えしてしまっているのも痛い。梨本さんは担当者個人に対してではなく、夢調査そのものに不信や嫌悪を抱いてしまったかもしれない……。

心に触れる仕事なのに、心を閉ざされてしまってはどうしようもないのに。

小嶋さんはやり過ぎだと思う。……――そう思うのにどうしてだろう。

小嶋さんの隣で、二人をなあなあに宥めようとする自分の声を思い出すと、どういう訳か胃が小さく捩れるのを感じた。

「どうしたんだい田中君！　具合でも悪いのかい？」

気が付いたら片付けの手が止まっていた。

「大丈夫です。体調はいいです」

すると小嶋さんは空間を仕切る衝立を強引にどかし、ガッシと僕の両肩を掴んだ。

「何か心配事かい！」

正面から見つめられ、僕は小嶋さんの目が綺麗に澄んでいることに今更のように気が付いた。

「……わかりません」

今、もやもやはしている。けれど、もやもやの正体が自分でもよくわからない。

「そうか！　よくわからんが、もしオレで良かったら何でも相談しておくれ！」

「――はい、ありがとうございます」

小嶋さんはうんうんと頷くと、片付けを再開した。

もやもやの正体に突き当たったのは、片付けを終え、調査室と調査準備室の鍵を締め、地下から階段を上がっていく時だった。

――部屋が揺れ始めた時、あの場で自分だけがずっと心に服を着ていた。

小嶋さんが全力で梨本さんに突撃し、それに応じるように梨本さんが心の服を脱ぎ始め本音を露出するその気配に、僕はたじろぎ、腰が引けて一歩下がった。

僕の先をずんずんと歩く小嶋さんのひろびろとした背中を見る。

小嶋さんは人との一線を越えられる人なのだと思う。

そして僕は一線が見えたら、その線に触れないように一歩下がる人間だ。

『梨本君を腫物扱いするんじゃないよ！　失礼だろうが！』

小嶋さんがどのくらい意識的かはわからないけれど、――たぶんあの時僕は、本気の相手に本気で向き合わないことを失礼だと叱られたのだと思う。

守衛室で鍵を返し、庁舎の外に出ると、眠っている間に雨が降っていたようで、街が雨の名残りと共に光を含んでぼうっと白く輝いて、軒先からは光の雫がぽたぽたと滴り落ちていた。

「じゃ、オレこっちだから！　お疲れさま！　また午後に！」

小嶋さんはそう言うと、明るく手を振って光の中に飛び出していった。

その日の午後。

「――では、小嶋さんはしばらく何もしないほうがいいと思うんですね？」

打ち合わせスペースで僕は小嶋さんに聞き返した。

「うん。今は何もしないで待たれよと、オレの直感はそう言っているね！」

「小嶋さん」

「何だい？」

「小嶋さんの直感について、具体的に教えていただいてもいいですか？」

僕はペンを構えた。

現状、僕の中での梨本さんへの対応案は二つあった。一つ目は小嶋さんの案と同様、時間を空けて梨本さんが落ち着くのを待つこと。二つ目は真逆で、可能な限り早く接触して壊れたばかりの関係を修復すること。

まるで、ふとした瞬間に痛めた身体の筋を温めるべきか冷やすべきか、動かしてほぐしたほうがいいのか固定して刺激しないほうがいいのか、症状を見極めて、二つの真逆な対応の、適切な方を選ぶ必要がある。今はそういう状況にあるように思う。

「田中君」

「はい」

小嶋さんがバン、と机に両手をついて身を乗り出した。

「──ぐたいてき、……とは？」

「はい？」

予期せぬ返しに素で声が裏返る。

「直感は直感ではないのかい？　オレは今、田中君に何を求められているのかがわからない」

一瞬ふざけているのかと思ったが、どうやら本気で言っている。直感を具体的にする、という言葉の意味を具体的に説明すればいいのだろうか。

「──直感を分解していただきたい、というか……順を追ってお話しすると、小嶋さんの中で梨本さんの仕草とか、表情とか、言葉とか、そういうものを一つ一つ捉えて積み重ねていった結果、一旦待ったほうがいい、という結論が出ていて、小嶋さんはその結論を直感と呼んでいるんだと思うんです。一方で僕には今は待つべきだという判断をするだけの根拠が見えていないんです。なので、具体的に小嶋さんが梨本さんの何を見て……あの、僕、なんか変なこと言ってます?」

話している間、あまりにじっと見つめられるので、僕には小嶋さんの瞳に映る自分の姿が見て取れた。瞳に僕を宿したまま小嶋さんが言う。

「つまり、田中君は直感をブンカイすることができる、と」

「ええ、はい。ある程度は」

「ほー! 田中君はすごいなぁ」

「いえ、別に……」

小嶋さんがうれしそうに言う。

「いやぁ、田中君っていつも冷静で人のこと細かく分析してるだろ? 調査の時も梨本君の気持ちを上手に説明してたし」

「……それが夢調査の仕事ですし。普通のことだと思うんですけど」

んーでもさぁ、と掌で小嶋さんが自分の頭をぽんぽんと叩いた。

「オレにはそういうことができないんだよね。何を見て……と言われても、梨本君を見てそう感じたとしか説明ができない。昔からそうなんだけど、たぶんオレは直感をブンカイすることができないんだよ。その感覚がよくわからない。だから、それができるのが普通って言われると傷つくなぁ」

「――すみません」

「いいのいいの」

小嶋さんは朗らかに言った。

「でも、オレにとっては本当に、田中君の普通がすごい武器に見えるんだ。だから、上手く言えないんだけど、何て言うのかな、うん。田中君の普通は皆にとって優しいものであってほしいんだよなぁ」

7

週が明けて、月曜日の朝。

「おはようございます」

鈴の鳴るような声がして、見れば、何故かカウンターの前に葛西さんが立っていた。

「おはようございます。今日はどうされました？」

咄嗟(とっさ)に笑顔で応じつつ、内心困ったなと思う。調査の進捗状況の確認だろうか。だとしたら何て答えよう。

　小嶋さんと話し合った結果、調査の間隔は広めにとることに決めた。調査の最後に梨本さんが心の服を脱いだのが大きい。梨本さんは僕たちの前で一つ変化した。だとすれば新しい空気に触れた日本酒の発酵が進むように、多少寝かせて、梨本さんの内部で思考や感情が変化する時間を持つことが得策だと判断したのだ。

　次回の調査で蓋を開けるというか、梨本さんの様子を確認しないと調査の終わりの目途が立たないので、今は葛西さんにどう接したらいいのかわからない。

　そう思っていたのだが、葛西さんの口から出てきたのは意外な言葉だった。

「あの、失礼ですが、田中さんですか？」

「はい、そうです。田中です」

　言いつつ、何故僕の名前を知っているんだろうと思った時、やっぱり、という具合に葛西さんが手を打った。

「田中君っていう若い男の子が夢調査に来てくれたって翔さんが言っていたんです。それを聞いて、もしかしてこの間受け付けしてくださったお兄さんのことかな、と思って。田中さん、小嶋さんはご在席ですか？」

「はい、呼んで来ますのでお待ちください」

何が何だかわからないまま小嶋さんを連れてくると、葛西さんは目を輝かせた。

「小嶋さん！　おはようございます。葛西と申します。おいそがしいところお呼び立てしてしまいすみません。良かった、お会いできて」

「いえ、こちらこそ……」

小嶋さんもきょとんとしている。

「翔さんがとてもお世話になったようで、どうもありがとうございました！」

葛西さんはとても晴れやかな笑顔で言った。

「お二人がすごく親身になってくれたと翔さんが話していました。だからあの、お二人に直接お礼が言いたくて……あと、夢調査申請を取り下げに来たんです」

僕たちは目を合わせた。

「じゃあ……」

「ええ、聞きました。翔さんがあんまり深刻な顔をするので最初は別れ話かな、と思ったんですけれど。アニメの話でよかったです」

そう言って葛西さんは笑った。その声のトーンも表情も申請時よりも数段階明るい
——どうやら梨本さんの告白は上手くいったらしい。葛西さんの笑顔を前に、小嶋さんもぱあっと表情を明るくした。

葛西さんが改まって小嶋さんに向き直る。

「小嶋さんが最後まで勇気付けてくださった、って話していました」

「梨本君が頑張ったのですよ！」

小嶋さんが喜びを握りしめるように胸の前で両の掌を握り、熱っぽく言った。

「はい。もちろん彼も頑張りましたが」

葛西さんの声がより優しくなった。

「……今回の、アニメだけの話じゃないんです。翔さんはアニメに限らず、昔からずっと、好きなものを好きだと人前で言えない人だったそうなんです。好きなものを素直に好きだと言うことが、彼にとっては本当に勇気の要る難しいことだったようで……。好きなものってきっと心の奥と結びついているから、何かを好きって言う行為が、自分の心の奥を晒すみたいで、それを人からちょっとでも否定されることが怖かったんだそうです。でも小嶋さんとお話をして、これからは勇気を持ってできるだけ素直に好きなものを楽しもうって決心したみたいですよ。だから本当にありがとうございました」

勿体のうございます、と小嶋さんが頭を下げ、それから、ちらっと葛西さんを見た。

「……因みに葛西さんもアニメを嗜んでいらっしゃったり……？」

小嶋さんの目がきらりと光る。

「あ、私は、アニメはあまり……」

がっかりしたような小嶋さんを見て、葛西さんは慌てて言った。

「ああ、でも。私、本当に無趣味で。唯一、服は好きなんですけど。夢中になれるものが何もないので、熱中できるものがあるのは羨ましいです。好きなものが多いほど人生楽しめるじゃないですか」

これで葛西さんもアニメ好きだったら二人で楽しめるのだろうが、そこまで上手くはいかないようだ。ただ、アニメを一緒に楽しむことはできなくても、一緒にいることはできるだろう。

それから葛西さんは夢調査取下書に必要事項を記入し、最後にもう一度会釈をして帰って行った。

葛西さんの姿が完全に見えなくなった後、小嶋さんが拳を突き上げた。

「やったぞ田中君！」

「はい」

「よし、祝いだ！　今晩飲みに行こう！　梨本君に乾杯！」

加瀬さんがニヤニヤする。

「えー？　小嶋さんって飲めるんでしたっけ？」

林田さんがおっとりと言う。

「小嶋君は甘酒なら飲めるんですよね」

和やかな空気の中、ふと、小嶋さんの前任者である秋名が会話の輪の外で頑なにパソコンの画面だけを見つめ続けている姿が視界に入った。

僕が彼女から目を逸らした時、加瀬さんが、

「俺も行こっかな。秋名は？　行けるか？」

秋名に水を向けた。

秋名は片頬を上げ、難しい顔をして言った。

「あー……、今日はちょっと予定があって。すみません」

「そうか。また今度な」

加瀬さんはさらりとそう言って、それから自分の仕事に戻った。

その日の晩、小嶋さんたちと居酒屋で飲んでいると、ブー、ブー、と鞄の中でスマホが震え出した。

「出ていいぞ」

加瀬さんに促され、「失礼します」と鞄に手を入れスマホを探り画面に表示された文字を何気なく見て、身体の芯がすうっと冷たくなった。

田中米よね――祖母からだ。

僕は反射的に電話を切った。

「どうしたんだい、田中君？」

「後でいい件でした」

何でもない風を装ってスマホを鞄の奥深くに仕舞う。

けれども罪悪感で胸が膨れ上がり、その後は話があまり頭に入ってこず、また、食欲を失ってしまい食べ物がほとんど喉を通らなかった。

居酒屋からの帰り道。

川沿いの夏の夜の小路こみちを歩く。

夜空では淡く星が光り、川の匂いがあてどなく漂う。

古びて錆の浮いた転落防止のフェンスにしがみつくようにしてカラスウリが白い花を咲かせている。まるで夜を手繰り寄せようとしているかのように咲くその蜘蛛くもの巣すのような異質な形状を見て、花の幽霊みたいだ、と思う。

と、また鞄の中でスマホが鳴った。一度しか鳴っていないので、電話ではなくメッセージの着信だ。

たぶん祖母からだ――脚本の感想の催促だったらどうしよう。

急に足が重たくなって、僕はその場に立ち尽くした。

ややあって意を決してスマホの画面を開くと、

【優ちゃんは最近、眠れていますか？】

思いがけない文字が目に飛び込んできた。

少しして、僕は続きを読み始めた。

【優ちゃんは最近、眠れていますか？　この前に電話で話をした時、元気がないように感じました。また眠れなくなっていないか心配です。さっきの電話のことは大した用件ではないので折り返しはしなくて大丈夫です。実の脚本も、勢いで送ってしまったけれど、無理して読まなくて良いですからね。もしも気にしてしまっているならばごめんなさい。どうか身体に気を付けて、楽に過ごしてください】

一読して、どっと肩の力が抜けた。

読んでいる間、知らぬ間に息を止めていたらしく、読み終えると同時に川の匂いがむんと蘇った。草がさわさわとそよぎ、遅れて生温い風が肌を撫で、遠くで電車が通過する音がした。

——良かった。読まなくていいんだ。

そう思うと、深い安堵と共に、何故だか無性に悲しい気持ちになった。

第四章

——もうすぐ電車がやって来る。

誰もいない停留所。

自分の手も見えない暗闇の中で、ガタン、ゴトン、と電車の走る微かな音を捉え、僕はつるりと硬いプラスチック製のベンチから僅かに背を離した。

両膝に拳を乗せて、暗闇に耳を澄ます。

遥か右手から音は刻々と近づいてくる。やがて電車が僕の前に滑らかに停車してドアが開き、車内の明かりが光の絨毯のように足元に投げかけられた。

ぼんやりとそれを見るともなく見つめていると、ややあって、すうっとドアが閉まり、光の絨毯が細ぼって絶えた。

電車がまた走り出す。

すると、電車と入れ違いに何かがぬるりと僕のすぐ隣に座った。

暗過ぎて姿は見えない。けれど予感があった。

「……おじさん？」

呼びかけると、思った通り、暗がりから懐かしい声が応えた。

「おう、どうした優太。何か用か？」

僕は口を開いた。けれど、言葉が上手く出てこなかった。

ずっとずっと、叔父が来るのを待っていた。叔父に言いたいことが、聞きたいことが、たくさんある。それなのに、いざ叔父を前にすると自分が何を言いたいのか、何を聞きたいのか、わからなくなってしまった。

「何もないよ」

「本当か？　何か話したいことがあるんじゃないのか？」

暗闇の中から叔父がじっとこちらを見つめている気配がする。

「何もないんだ」

僕はそれだけ答え、叔父から顔を逸らした。叔父はなおも僕を見つめ続けているようだった。俄かに居心地が悪くなる。叔父をずっと待っていたはずなのに何故か、早く僕を放ってここからいなくなってほしいと思った。すると叔父の影が立ち上がって伸びをした。一瞬、
ああ、行ってしまうのか。

と思ったが、彼は立ち去ることなく、ただ真っ暗な空を見上げただけだった。

「なんかいいなぁ、ここ。〝銀河鉄道の夜〟みたいだなぁ」

「……どこが？」

「ん？　全部だよ。ほらよく見てごらん」

言われるがまま顔を上げ、半信半疑で暗闇に目を凝らす。すると真っ黒い空間に無数の星が息づき始め、あっという間に三百六十度が夜になった。

夜空に鏤められた星々が微睡むように優しく瞬き、オリオン座や白鳥座が白銀の線を結ぶ。星明かりを浴びて線路に沿ってぽつぽつと花開くリンドウが、その幽かな燐光で星の海に鈍銀に艶めくレールを延々と照らした。

すぐ隣で、愛嬌溢れる大きな瞳が、もじゃもじゃの髪が、やや丸みを帯びた鼻が、よく笑う快活な口元が、僕の知る叔父その人が、星の光にふわりと照らし出された。

ふと叔父の心臓の辺りにいきかけた視線を、僕は無理矢理途中で曲げた。

「宮沢賢治の世界だ。優太も好きだよな、賢治さん」

目をきらきらとさせて叔父が言う。

肯定ができなくて、代わりに、

「〝銀河鉄道の夜〟って有名だけど未完なんだよね」

そう言った後で、それがかつて叔父から与えられた知識だと気が付いた。

「完成する前に死んじゃったからね、賢治さん」

叔父はそう言うと、遥か左手を注視した。

「お。迎えが来た！」

銀河の果てからゴトゴトと鈍い音が聞こえてきて、叔父が立ち上がった。

「そんじゃ、優太。俺、行くわ」

待って。

引き留めようとした。が、声が出てこない。

僕は反射的にポケットを探った。

――〝銀河鉄道の夜〟の主人公のポケットには四次元世界をどこまでも行ける通行券、緑色の切符が入っていた。しかし最初から持っていなかったのか、どこかで失くしてしまったのか、僕のポケットは空っぽで、僕が必死で切符を探している間にも、黄色いライトを光らせて夜の闇を丸く切り取りながら銀河鉄道が迫ってきた。

焦って立ち上がり、全てのポケットをひっくり返す。何もない。叔父と共に行きたい。でもダメだ。

僕にはその資格がないのだ。

泣きそうになった。

そうこうしている間に、汽車の車窓にぽつぽつと佇む乗客の――死者たちの黒い影が見えてきた。

無限に広がる星の海に、汽車が耽美(たんび)なカーブを描く。

「行かないで……——死なないで」

ようやく声が出た。

けれどもその時にはもう、叔父はそこにはいなかった。

1

八月初旬の火曜日の午後。

「この二人で留守ってさぁー、何かあった時ヤバくない？」

がらんとした事務室で机に片肘をつき、秋名が気怠そうに言う。

係長は部の会議に出席し、林田さんはお子さんの発熱で急遽（きゆうきよ）早退、小嶋さんは他部署のイベントの応援職員として駆り出され、加瀬さんは夢調査システムの保守点検で業者と別室で打ち合わせをしており、事務室に残っているのは秋名と僕だけだった。

「三十分だけだよ。係長と加瀬さんはそんなに時間かからないって言ってたし」

僕は昨日調査を終えたばかりの四十代男性の記録の仕上げをしながら答えた。

上司不在で完全に気の緩み切った秋名が言う。

「ねー、木曜日の午後休み取っていいと思う？」

「わかんないけど、他の人と被ってなければいいんじゃない？　閑散期だし。係長に相談してみれば？」

加瀬さん曰く、夢調査の繁忙期は人心が揺らぎやすい時期とリンクしている。具体的に言えば年度の切り替え前後である三月と四月、季節の変わり目、クリスマスや正月等のある年末年始だ。逆に最も少ないのは七、八月――ちょうど今の時期だ。

四月から六月にかけて毎日一、二件はあった夢調査の申請が、ここのところは数日に一件と落ち着きを見せていた。茹だるような暑さで人々が極力外出を嫌ってか、そもそも来庁者自体が少ない。加えて現在は昼食後ということもあり、緩慢として空気に締まりがない。そんな中、緩んだ空気に錐を突き立てるように、

「ご免くださいませ」

というわななき声が事務室に響いた。

見れば、カウンターの向こうに、藤色のワンピースを着た六十歳くらいの女性が立っていた。厚いファンデーションでガッチリと塗り固められた肌に、口紅で真っ赤に塗り込められた唇としっかりと描き込まれた細長い眉が黒く浮かび上がっている。

秋名が対応しようと腰を上げる。それよりも早く僕は立ち上がった。何となく、秋名ではこの女性に太刀打ちできない、秋名に対応させてはいけないと直感したのだ。

パソコンをスリープ状態にして、カウンターに出る。

「こんにちは」

アイペンシルで黒く縁取られた大きな目玉がぎょろりと僕を拿捕する。その品定め

するような瞳を見た瞬間、理由はわからないけれどこれはトラブルになる、と感じた。

「夢調査の申請はこちらの窓口でよろしいのかしら。お願いしたいのだけれども」

女性は慇懃（いんぎん）に言った。

「はいそうです。どうぞお掛けください」

僕は彼女に向かい合って座った。

途端に香水の強烈な匂いがカウンターを越えて漂ってきた。肺と気道が匂いの侵入に抗（あらが）うようにぐっと窄（すぼ）まる。僕は相手にわからない程度に呼吸を浅くし、可能な限り全ての感情のスイッチを切った。嫌悪感や苦手意識はほとんどの場合、抱いた瞬間に相手に伝わってしまうからだ。

そして調査申請が始まった。

——女性の名前は深津美知子（ふかつみちこ）さん。

就職活動に悩んでいる大学三年生の娘・多佳子（たかこ）さんを心配して夢調査申請に来たのだと言う。深津さんは親指と中指に派手な指輪を嵌（は）めた手で申請書を書き終えると、ブランド物の鞄を開いて藍紫の袱紗（ふくさ）から一枚の写真を取り出した。

「この娘ですの」

写真館で撮影されたものらしい。写真には振袖姿の二十歳くらいの女性が写っていた。成人式の前撮り写真だろうか。調査申請の添付物として写真を選ぶ申請者は九割だが、その多くは何気ない日常を切り取ったもので、こういう正装の写真を持ってくる人は初めてだった。

深津さんが親指の腹で写真の娘をなぞりつつ、ねっとりとした丁寧口調で言う。

「わたくしはね、せっかく大学まで出してやったんだから娘にはきちんとした企業に勤めるか、それかあなたみたいに公務員になってもらいたいのよ。銀行員でもいいわね。それなのに、この娘が受けようとしているのは名前も聞いたことのないような企業ばかりですの。とんでもない話だと思わないこと？　最近、ブラック企業とか過労死とかございますでしょう？　娘がとんだ世間知らずで困っていますの」

僕は一旦肯定も否定も避けることにした。

世間一般に名が知られているような企業のほとんどは競争率の高い大企業だ。名前を知っているという理由で応募する就活生もけっこういる。有名企業を選択肢から外しているということは逆に、多佳子さんが意思を持って受ける企業を選定している可能性がある。多佳子さんの意思を確認したいなと思いつつ、ひとまず、

「正体のわからない企業を選ぼうとしている娘さんを心配されていて、安全な就職先を選んでもらいたいんですね」

要点をまとめ、あなたの言いたいことは聞いていますし理解していますよ、というサインを送る。

「そう！　そうなのよ。あなた、お名前は？」

「田中です」

深津さんが頷きながらカウンターの上で指を組み、わざとらしい猫なで声を出した。

「田中さんね。ああ、よかった。田中さんみたいにきちんとされた方が話を聞いてくださって。理解が早くて助かるわ。……うちの娘も田中さんみたいにしっかりしてればいいんですけどねぇ。本っ当に世間知らずで。わたくしの言うことを聞かないのよ」

優し気な作り笑いを僕に向けるが、目が笑っていない。

意識的か無意識かはわからないけれど、どうやら深津さんは他人を支配することに慣れている。まず相手を褒め、次に自分の意に沿わない人間を見せしめ的に叩いてみせて鞭の存在をちらつかせる。そうやって、褒めてくれた人を裏切りにくい気持ちと自分は怒られたくないという気持ちを相手に植え付けて、相手を自分の意に沿わせようとしている。そんな気がする。

なので、たぶんこの人の褒め言葉や貶し言葉には極力反応を見せないほうがいい。

ただ、全くの無反応は失礼なので、表情は変えずに口元だけで微笑んで受け流した。

「失礼ですけど、田中さん、おいくつですの？」

「二十二です」

「あらぁ」

　深津さんが上滑りに愛想よく笑う。

「娘とたった二歳しか違わないのね。田中さんの親御さんが羨ましいわ。しっかりした息子さんを持ってさぞかしご自慢でしょうねぇ？」

　またやんわりと微笑んでみせ、やんわりと話を本題に戻す。

「──調査の参考にいくつかお伺いしますが、多佳子さんは企業を選んだ理由を何か話されていましたか？」

「いえ。特には」

「選んでいる企業に傾向はありますか？」

　深津さんは少し苛立ったようだった。

「ですから、訳のわからない企業ばかりですの」

　僕は敢えて質問を重ねた。

「特定の業種に絞っている様子はありましたか？」

　深津さんはわざとらしく失笑した。

「――あのねぇ。わたくしが言っているのは、そういうことじゃないでしょう？　ブラック企業だったらどうするの、騙されるかもしれないって、それが心配なんだって、さっきからそう言っているでしょう？　あなた、本当にわかってらっしゃる？」

一応は優しさの仮面を被りつつ、わかるわよね、それともわからないのかしら、と偽りの微笑みで迫ってくる。ので、僕はわざと平坦に返した。

「はい。ただ、世間的には無名でも優良な企業はあります。もしかして娘さんには何らかの目的があってそういう――」

言い終えないうちに深津さんがぴしゃりと言った。

「わざわざ危ない橋を渡る人がどこにいますか⁉」

興奮し出したなぁ、と思いつつダメ押しで続けてみる。

「最近では、有名な企業は倍率が高いです。そして、大学を出れば有名企業に入れる訳ではな――」

「そ・れ・は、違います！」

いよいよ深津さんがヒステリックに喚き出した。

「違うでしょ⁉　ねぇ？　だってうちの娘は四年制大学に通っているのよ。女なのに。わざわざ大学まで行かせてやったのよ。ちゃんとした会社に就職できるに決まってるじゃない。そうじゃなきゃ大学の意味がないでしょう⁉」

そして、「まともな人はいないのかしら」と聞こえよがしに呟いて事務室を見渡した。深津さんの視線が一瞬秋名を捉えたが、お眼鏡に適わなかったらしく、彼女はこれ見よがしに大きなため息を吐いて立ち上がった。そして、

「――とにかく、訳のわからないことはやめさせてほしいの。田中さん。あとね、私は市議の峰方さんの後援会に入っていますの。だからね、何と言いますか、場合によってはあなた、困ったことになりますからね。夢の中でちゃんとした仕事に就くようしっかりと娘を説得してくださいね」

そう言い放つと深津さんは嵐のように帰って行った。

僕は自席に戻り、深津さんに対応するために中断していた四十代男性の調査記録の作成を再開した。あと一、二行文章を書けば終わるので、こちらを先に片付けてしまおう。

深津さんの姿が見えなくなるのを見計らって、秋名が興奮気味に言った。

「やっばぁ！」

僕が締めの文章の案を考えていると、

「ねぇ、ヤバくね⁉　ヤバいって」

正面から秋名が訴えてきた。

「何が？」

文章を打ち込みながら尋ねると、秋名はやや困惑したように言った。

「何が、って……さっきの人！　強烈ババア」

「ああ、うん」

「うん、じゃなくて。何とも思わないの？」

「まぁ、臭いなぁ、とは思ったけど……」

「臭い？」

「うん。香水付け過ぎの人って臭くない？　近くにいると頭痛くなる」

よし、書き終わった。

データを上書き保存しようと思い、マウスパッドを確認する。パソコン操作のショートカットキー一覧が印字されている便利なマウスパッドだ。今年中にショートカットキーを使いこなせるようにしようと思い立って先日購入したものだ。上書き保存はCtrl＋S。僕は左手の小指をキーボードのCtrlキーに添えた。Ctrl……S……と。

次は深津さんを片付けよう。

そう思い、先ほどの対応記録を取るためにパソコン上で深津さんのデータを作成する僕を、秋名が何か言いたげに注視し続けてくる。最初は気付かない振りをしたが、ずっと見つめてくるので、「何?」と尋ねると、

「……田中、何か変だよ」

秋名は困惑気味に言った。

「そう?」

言いながら僕はインターネットを開いた。

年によって就活のスケジュールは若干変わるので、就活サイトを開いて多佳子さんの状況を把握しようと思ったのだ。

今の大学三年生の採用試験のスケジュールは自分の時とほぼ同じだ。企業での職業体験等、所謂インターンシップは既に始まっていて、エントリーシートの受付等が一部で始まっており、選考が解禁になるのが来年の三月。……となると、多佳子さんは業界や企業の研究をしている時期だろうか。

就活スケジュールを二部印刷した時、ファイルを小脇に抱えた加瀬さんが打ち合わせから戻ってきたので僕は立ち上がった。

「加瀬さん、一件、相談させていただきたいんですけど、お時間いただけますか?」

そして加瀬さんと僕は打ち合わせスペースに移動した。

印刷したばかりの就活スケジュールを参考資料として一部加瀬さんに渡し、まず初めに深津さんの申請内容や申請時の様子を可能な限りありのまま伝えた。

「――ということがありました。ここからは考察なのですが、五月に林田さんと僕が調査を担当した沖野彩海ちゃんのことは覚えていますか？」

「ああ。覚えてるよ」

「僕は最初、今回のケースは沖野母娘と同じだと思ったんです。思い通りにならない娘を認められない母という構図と、申請者側に問題がありそうだという点が」

「最初は、ね」

加瀬さんが目敏く言う。

「沖野母娘と違う点は？」

「母親の思考や価値観の柔軟性です。お話をしていて、深津さんの思考や価値観はかなり凝り固まっているなという印象を受けました。具体的には、大卒なら有名企業に就職できて当然と思っていたり、女なのに、という発言があったり……」

加瀬さんが黙って先を促す。

「……なので、深津さんについてまずは三点ほど確認しようと思いました。一点目、現時点でどのくらい娘さんのことを理解しているのか。二点目、どのくらい娘さんに寄り添おうとする意思があるのか。三点目、自分の認識と違う情報や他者の意見を受け入れる柔軟性があるのか。……これらを確認するためにリトマス試験紙的な質問や言葉を投げてみたんです」

『選んでいる企業に傾向はありますか？』『特定の業種に絞っている様子はありましたか？』『世間的には無名でも優良な企業はあります。もしかして娘さんには何らかの目的があってそういう――』『最近では、有名な企業は倍率が高いです。そして、大学を出れば有名企業に入れる訳ではな――』

それらの質問が即席のリトマス試験紙だ。

「――その結果、深津さんが娘さんのことを理解している様子は見受けられず、また、理解しようとする意思も薄く、自分の認識外の物事への拒否反応が強いことが、つまり柔軟性がないことがわかりました。彩海ちゃんのお母さんには他人の話に耳を傾ける柔軟性がありましたが、深津さんには柔軟性がない。なので、沖野母娘の時と構造は似ていますが、同じ対応をしても上手くいきません」

加瀬さんが一つ頷き、

「続けて」

しっかりと僕の目を見て言った。それで僕は、おや、と思った。

いつものように真摯に話を聞いてくれようとしているのだけれど、どことなく加瀬さんが胸の中で何か言いたいことを保留にしている気配が感じられる。一旦全部聞いてから話をしよう、そんな気配が。

反応があまり芳しくないな、と思いつつ、僕は話を続けた。

「就活に対する母娘の価値観の不一致の解消をするのであれば、双方が歩み寄るか、片方が折れる必要があると思います……が、申請時の様子から深津さんが娘さんに歩み寄ったり折れたりする可能性は低いと考えられます。深津さんにとってこの調査のゴールはあくまで娘さんが自分の願い通りの就職をすることです。

となると、円満解決を目指すのであれば娘さん側が変化するしかありませんが、娘さんには娘さんの何かしらの意思があるでしょうし、娘さんの意思を深津さんの意に沿うように捻じ曲げるのは違います。というか、それは法令で禁止されています」

沖野彩海ちゃんの調査時に林田さんに教えてもらった条文を思い出す。

たしか、夢調査法第69条。

【調査員は、夢主の思想を改変してはならない】

調査員にできることは、林田さんの言葉を借りれば、『花に水を遣るように、溜まった水を切るように、土の雑草を抜くように、人の状態を都度見極め、その人の本来を引き出すきっかけを作ること』だ。

「となると？」

「今回、深津美知子さんの不満は解消できず、円満解決はありません。このことを踏まえた上で深津美知子さんの処理方法を二通り考えたのですが——」

「早計だな」

加瀬さんが珍しく話を遮った。

そして、それまでメモを取るために握りしめていたペンを机に置いた。提案を聞く気は無いという意思表示だろう。手放されたペンを見つめながら、頭の中で加瀬さんの言葉を変換する。そうけい。そうけい——早計。早まった考え。

「処理ね……」

加瀬さんは僕の言葉を復唱し、言った。

「なぁ、田中ってさ。美知子さんのこと嫌い？」

「いえ」

「だろうな。嫌いになるほど関心が無い、ってところかな？」

口調は落ち着いているが言葉が強い。

僕は加瀬さんを見た。

加瀬さんも僕を見た。

沈黙の後、加瀬さんは言った。

「田中に今できることが一つある」

「何ですか」

「忘れる」

「——忘れる？」

「美知子さんに囚われ過ぎ」

加瀬さんに指摘され、しかし僕にはピンとこなかった。

「……僕は美知子さんに囚われているのでしょうか？」

「何も相手の言動に振り回されることだけが囚われじゃない。相手に対して過度に無関心で在ろうとすることも一種の囚われだ」

「はい」

僕が納得できないまま頷いたのを、加瀬さんは見透かしたようだった。

「全体的によく考えてると思うよ。観察とそれに基づく推測は大切。推測の検証も大切。そういう積極的な姿勢はとてもいい。ただな、最初からゴールを固定しないほうがいい。一つの考えに囚われると見えるものも見えないし、ゴールだけを目指して突っ走ると大切なことを取り零す。必要な遠回りってもんがあるんだよ」

そう言われ、沖野彩海ちゃんの調査時の林田さんとのやり取りを思い出した。

調査の問題が夢主ではなく申請者側にあるのではないかと思い、その推測を話した際、林田さんはあっさりと僕に同意した。あまりにあっさりし過ぎていたので、

『いつの段階からそう思っていたんですか』

そう質問をした僕に、林田さんは答えた。

『沖野さんと最初にお話しした時です』と。

——あの時の林田さんは初見で申請者側の不調を推測しつつも、自分の考えに固執してはいなかったし、まして推測を口にも出さなかった。……結果的に林田さんの推測は間違っていなかったけれど、林田さんは他の可能性を取り零さないために可能な限り視野を広く透明に保とうとしていたのだろう……。

目が合うと、加瀬さんが表情を和らげ切り替えるように言った。

「最初は真っ新な視点で夢主を見ることが大切だ。真っ新な視点で夢主の真意を探る。まずはそこから、一つ一つ積み上げていこう」

「はい。美知子さんに囚われ過ぎないようにします」

——この時点で僕はてっきり、申請者の癖の強さを考慮して加瀬さんか林田さんと

組んで調査に取り組むことになるだろうと思っていた。

しかしその日の夕方、係長の机の前に呼び出され、深津多佳子さんの二人目の担当者に指名されたのは秋名だった。

「え⁉　なんで私なんですか⁉　しかも田中と⁉」

秋名が抗議の声を上げた。何故秋名なのだろう。僕も珍しく秋名と同意見だった。

係長は机の上で両手を組み、のんびりと微笑んだ。

「二人とも去年まで就活生でしたからね。夢主の置かれた状況を想像しやすく、その心の機微にも寄り添いやすいでしょう」

秋名が絶句する。

僕は考えを巡らせた。去年就活生だったというアドバンテージがあったとしても、秋名の相手の心を汲む力は先輩方に遠く及ばない。それに、秋名の性格上、直近の経験がむしろ悪い方向に作用してしまう予感がひしひしとする――自己の経験に夢主の言動を無理に当て嵌めようとする彼女の姿が目に浮かぶ。

僕は係長を見た。

今回は特に秋名とのペアは避けたい。調査の足枷（あしかせ）になるから彼女を外してほしい。

しかし直截な表現はできない。僕は言葉を選んで進言した。

「係長のおっしゃる通りです。僕たちは新鮮な経験を活かして就活生の気持ちに寄り添うことができると思います。なので、僕たちのどちらか一人はいたほうがいいと思います。申請を受けた僕はもちろん対応します。ですが、申請者が少し……気難しい方なので、いざという時のために新人二人ではないほうがいいように思います」

隣で秋名が激しく頷いて同意を示す。係長の丸眼鏡がぴかりと光った。

「いざ、い、いざという時というのは、調査結果を送った後の申請者の反応を心配しているということかな」

「はい……」

娘が自分の思い通りにならなかった場合——十中八九そうなるだろう——美知子さんが調査結果に不満を持って乗り込んでくる様が容易に想像できる。その時の策を講じておくべきだと思う。

忘れる。

加瀬さんからは美知子さんについてそうアドバイスをもらった。しかしそれはあくまで調査における心構えの話であって、本当に全てを忘れて無策でいるのは間違いだ。

「ふむ」係長が頷いた。「田中君が心配になる気持ちもわかります。でもその上で、まずは夢主だけを見てほしいんです」

それから徐(おもむろ)に丸眼鏡のフレームに手を掛け、顔から少し遠ざけた。まるで水が穴に吸い込まれるように厚いレンズに係長の目とその周りの景色が取り込まれ、縮小された。係長はちょっとお道化てレンズ越しの小さな目で僕たちを見つめた。

不思議な間があった。

秋名が目を眇めたまま肩を竦めると、係長は柔和に微笑み、

「私たちは皆、心に眼鏡を掛けていますね」

そう言って眼鏡のレンズを息で曇らせ、小さな布で優雅に拭い、そして掛け直した。

「――夢調査においては特に、申請者対応を念頭に置いてしまうと心が申請者の都合に寄って、または申請者に過度に反発して、夢主を見る目が歪んでしまう。それでは調査をする意味がありません。ですから申請者のことは一旦忘れて、まずもって直近の経験を活かして、夢主の気持ちを拾うことだけに集中してください。秋名さんと田中君ならそれができると思います」

係長の口調は柔らかだ。その柔らかさが、却ってこれ以上何を言っても決定は覆らないであろうことを僕に感じさせた。

「わかりました。頑張ります」

僕が言うと、秋名が勝手に了承するな、とばかりにこちらを睨みつけてきた。

係長は、ふふっと笑い、

「では分業をしましょうか」

僕たち二人の反応をどこかおかしむように見比べながら言った。

「調査は秋名さんと田中君にお願いします。多佳子さんの真意を探ること。それが今回の君たち二人の仕事です。大切な仕事ですよ。多佳子さんの真意がわからないと最適な対応もわかりませんから。そして、美知子さんのことは私が対応しましょう。これなら調査に集中しやすいですね？」

それに対し、僕が「しかしそれでは――」と言うのと、秋名が、「はい！　集中しやすいです！」と言うのはほぼ同時だった。

係長と秋名が同時に僕を見た。

「分業することに何か問題がありますか？」

「――いえ」

僕は係長を見た。係長はにこにこしている。

――本当に秋名と僕でいいのだろうか。

上司というものは、後々面倒なことになりそうな事案はできるだけ仕事の堅い優秀な部下に任せたいと思うものではないのだろうか。自分が責任を持って後処理をするのであれば尚更に。……というか、花畑係長は本気で秋名と僕のペアが適役だと思っているのだろうか。このペアで一度も調査を成功させたことがないのに？

僕の気持ちを知ってか知らでか、係長は空に紙飛行機を放るような明るさで言った。

「では秋名さんと田中君を深津多佳子さんの調査担当に任命します。二人とも、期待していますよ」

2

翌日の夜。

「夢に入る前に最終確認をしよう」

秋名と二人、調査の準備を終え、調査室の布団に寝転び、後はもう頃合いを見て電気を消すだけという段になって、僕は念押しをした。

「初回の調査の目的は、多佳子さんの様子をよく見て雰囲気を掴むこと。そのために大切なことは二つ。一つ目は、下手に接触せずに多佳子さんに自由にしていてもらうこと。二つ目は、もし接触してしまった場合に、こちらから就活の方向に話を誘導しないこと。就活で悩んでいるっていうのはあくまで美知子さんの考えで、本当かどうかわからないからね」

「りょーかいりょーかい」

秋名が布団を肩まで被りながら軽やかに言う。何だか気軽そうだ。多佳子さんの調査担当になることをあんなに渋っていたのに。

「……多佳子さんのペースが一番大切だからね？」

「わかってるってば」

秋名がうつ伏せになる。ちっともわかっていなさそうな気がするのだが……。僕の胡乱（うろん）な視線に気付いたらしい。秋名はうつ伏せのまま首だけをこちらに向けて言った。

「大丈夫だよ。私だって色々考えてるんだから。任せて」

「考えって？」

秋名は衝立越しに意味深に口角を上げてみせただけで答えない。

この調子だと今回も僕に彼女を止めることはできないだろう。

「……電気消すね」

僕はため息を堪え、電気紐を引いた。一度彼女の思うようにやらせてみるしかない気がする。逆に言えば、一度やらせさえすれば——僕は彩海ちゃんと梨本さんの調査をちらっと思い出した——秋名と夢主には悪いけれど、先輩の誰かと組めるようになる気がした。自然に考えて、夢主のペースを優先することを覚えない限り、秋名はこれからも夢主の拒絶を食らい続けるだろう。

先に夢に落ちたのだろう。秋名の気配がふっと消えた。

僕は一つため息を吐いて、頭まで布団を引き上げ、目を閉じた。

*

〝——————〟

どこか遠くで声がする。

〝——————〟

誰かが、何かを言っている。

誰だろう……何だろう。

混沌とした意識の中で、僕は声の出所を探そうとした。すると——

「田中。ねぇ、田中。起きて」

耳元で別の誰かが囁いた。

その声で、僕はゆっくりと目を開けた。

僕は仰向けで大の字になって、真っ白な空間を見上げていた。

——白い。

もしも瞼の裏側が白かったならば、目を閉じた時に見えるのはこんな景色なのかもしれない。そんなことを思った時、誰かがひょっこりと僕の顔を覗き込んだ。

「あ、気が付いた？」

視界に映し出されたのは、バッチリとした化粧に、実物よりも黒く強調された大きな瞳。パーマを当てた明るい茶髪……秋名美月その人が、僕を見下ろしている。

——何故秋名がここにいるのだろう。

まず思ったのはそれだった。

いや、本当に秋名なのだろうか。

精密カメラを通して映像を見ているみたいに、白い空間に秋名の存在が異様に際立って、どこか超現実的な様相を呈している。彼女の存在そのものが奇妙な迫力を以て濃密に胸に絡みついてくる。

おかしい。……何かが、おかしい。

でも今はそんなことどうでもいい。

「……あのさ、今、誰かが何か言ってなかった？」

身体を起こしながら尋ねると、

「は？　寝ぼけてるの？」

秋名がにべもなく言った。

その声の響き方もどこか異質だ。鼓膜から神経を伝って脳に届くというよりも、もっと直接的というか、音が直(じか)に脳に張り付くような、独特の響き方がする。

これは……これは、僕の感覚ではない。

ああ、そうか。

僕はようやく気が付いた。

これは、夢だ。僕のじゃない。誰か他の人の夢。

そしてこれは、夢調査だ……何故自分の夢だと思ったのだろう。

考える間もなく、秋名に「早く。起きて」と急かされて、僕は身体を起こした。

秋名が自らの唇にそっと人差し指を当て、一歩下がって後方を顎でしゃくった。それまで彼女の陰になって見えなかったが、少し離れた場所に何かが落ちている。……いや、物じゃない。人だ。細身の若い女性が横ざまに胎児のように身体を丸めて——すうすうと眠っている。

何の前触れもなかった。

見つめていると、視線が引鉄になったのか、まるで操り人形が糸に引かれるように女性の華奢な指先がピクリと動いた。彼女は白い地面にぺたりと手を着き、ゆっくりと上体を起こした。肩にさらりと流れた長い黒髪の隙間から、弓形の眉にやや垂れた目尻、きゅっと引き結んだ小さめの唇が見えた。

深津多佳子さんだ。

秋名と僕が見守る中、彼女はぼんやりとした様子で視線をあてどなく彷徨わせ、誰もいないと思っていたのだろう、僕と目が合うと小さく息を呑み、悲鳴を飲み込むように両手で口を覆い、飛び起きた。

「ごめんなさい！　私……」

それで僕も我に返り、反射的に謝り返した。

「あ。いえ、こちらこそ驚かせてごめんなさい」

謝り合う僕たちに割って入るように、秋名が堂々と言い放つ。

「深津多佳子ちゃんだよね！　私たち、就活アドバイザーです！　今日は多佳子ちゃんの悩みを解決するために来ました！」

多佳子さんの瞳が戸惑いで小さく揺れた。

いきなりそんな言葉を押し付けられても訳がわからないだろう。秋名の暴走に、しかし僕は驚かなかった。諦めと共にああまたか、と思った時、ふっと多佳子さんと目が合った。そして僕が何かを考える間もなく、彼女は秋名に視線を戻した。

「就活のことでわからないことがあったら遠慮なく何でも言ってね」

秋名が言うと、夢主の瞳から迷いが消えた。

彼女は、

「ありがとうございます。深津多佳子です。本日はよろしくお願いいたします」

そう言って、礼儀正しく秋名に会釈し、髪を耳にかけて姿勢を正した。

すると、ギュン、と足元が揺れ、白い空間が一変した。

次の瞬間、灰色の壁で覆われた無機質な部屋に僕たち三人は立っていた。秋名と僕の前には長机が一つと、真後ろの座りやすい位置にパイプ椅子が一脚ずつ。夢主の背後には真鍮（しんちゅう）のノブのついた一枚のドア——まるで面接会場のような配置だ。僕たちの正面で愛想よく微笑む多佳子さんの脇にもパイプ椅子が置かれている。僕の隣で秋名は舞台セットの出来をチェックする美術監督よろしく周囲を観察し、ふんふんと満足気に頷いた。

秋名が夢主に言う。

「進路相談の予約してたよね？」

「はい、あの、お二人ともOBの方ですよね？」

夢主が明るい声で応じる。急激な空間の変化にも驚いたけれど、夢主によって秋名の設定の空白が補われたことに僕はもっと驚いた。こんなことは初めてだった。

「うん、そう。私は秋名。こっちは田中」

「今日はおいそがしいところお時間を割いていただきありがとうございます」

「気にしないで？　可愛い後輩のためだもん。ほらほら、座って」

言いながら秋名がパイプ椅子に腰掛けた。夢主がちらりと僕を見た。OBの方が先に座らないと座れないのだろう。その柔らかな視線に腰が砕けて、僕はすとんと椅子に尻を着いた。

……何かが引っ掛かる。

座りながら僕はこの上滑りにスムーズな状況に違和感を覚えた。何か変だ。けれども違和感の正体を検証する間もなかった。

夢主が失礼します、と着席すると、秋名が早速身を乗り出した。

「悩んでいることとか、聞きたいことがあったら何でも言ってね」

多佳子さんは断りを入れるように僕に小さく会釈した後、秋名に向き直った。

「まずは、同性である秋名さんの就活体験を伺いたいのですが」

そこからは秋名の独壇場だった。

まさに水を得た魚。秋名はこれまでの経験、自分で考える自らの強み、そこから導き出される適職、面接での成功談等を事細かに披露し、夢主はその一つ一つに熱心に相槌を打った。

「——でもまぁ、何だかんだ言って結局？　一番大切なのは人と人とのコミュニケーションかな」

秋名が興に乗った様子で膝を組み、顎先を親指で一撫でした。

「コミュニケーション、ですか……」

前のめりに傾聴の姿勢をとる夢主に、秋名が断言する。

「そ。コミュニケーション」

「秋名さんが考えるコミュニケーションのコツをお伺いしてもよろしいでしょうか」

「基本は笑顔。それと、大きい声ではっきりとしゃべること。これが大事。多佳子も気をつけたほうがいいよ？　基本的なことだけど、できてない人、いーっぱいいるから」

「はい、気をつけます！」

言いながら多佳子さんが僕を見て、にこりと微笑んだ。

「そういうの、大事ですよね……相手には気持ち良くいてほしいですし、どんなに良いことを言っても伝わらなければ意味がないですし」

さっきからずっと秋名と多佳子さんの二人だけで会話が成立しているのだけれど、どうやら多佳子さんは僕をこの場から締め出さないよう気を遣ってくれているらしく、合間合間で視線と言葉を送ってくる。

「そう！　そうなの！　ホントそれ！」

一方秋名は夢主しか見ていない。

「わかってるじゃん！　多佳子もさ、ちょっと遠慮がちなトコあるけど、もっと自信持ってハキハキしたほうが絶対にいいと思う」

「はい！」夢主が声を張る。「頑張ります！」

「そうそう。その調子！」

会話が途切れた一瞬を見計らい、僕は会話に割って入った。

「多佳子さん」

「はい」

夢主がぱっとこちらに向き直る。

僕はできるだけ何気ない調子を装って尋ねた。

「多佳子さんの就活の状況を教えてもらってもいいかな？」

初回は就活に触れる予定はなかったが、夢主が話題に乗ってきているので予定変更だ。案外、この調査はこの一回で終えることができるのかもしれない。この勢いで多佳子さんの就活に対する真意を確認し、そして、秋名と僕の役割は終わる——そう思う一方で、どうも上手くいき過ぎているという違和感が拭えない。だから、

「はい！」

夢主のそのあっさりとした返事に、僕はほっと胸を撫でおろした。彼女が口を開く。

そしてそのまま自らの近況を打ち明けるかのように思われた。

しかし、彼女ははっと思い直したように方向転換した。

「……あ、でもその前に少しだけ、お時間いただいてもいいですか？　秋名さんがおっしゃったこと、メモさせていただきたいんです。ついお話に夢中になってしまって、全然メモできてなくて……」

これには秋名も満更でもなさそうだった。

「いいよ。書きな？」

「ありがとうございます！」

夢主の椅子の脇にふっと鞄が現れた。彼女はいそいそと鞄からノートを取り出して机の上で開き、ペンを構えた……が、ペン先を紙に当てるとぴたりと動きを止めた。

あれ、と多佳子さんが額に手を添える。

咄嗟に僕は辺りを見渡した。

同じく異変を感じたらしい秋名がぱっと上を見る。

無機質な部屋の壁と天井が、まるで湖面に漣(さざなみ)が立つように揺らぎ始めていた。小刻みに揺れる部屋の中で、しかしそれには気付かない様子の多佳子さんが呟いた。

「あれ……私、なんだか、字が……」

秋名が聞き返す。

「字？　字がどうかした？」

多佳子さんが途方に暮れたように僕たちを見た。

「はい。……あの、私、字が、書けません。字の書き方が……わからない」

その顔が、身体が、机が、壁の色が、すうっと薄らいだ。

僕は目の錯覚かと思い瞬きをした。が、錯覚ではなかった。

まるで写真が陽に焼けていくのを早送りで見ているようだった。目の前の全てが脱色しつつ透明になっていき、全てが無になる寸前、地面がふっと解け、僕たちはふわっと暗闇へと落ちていった。

3

調査明けの午後に打ち合わせをすることが多いのだが、秋名が休みを取っていたため、打ち合わせは調査翌日の朝一番となった。

――これは一体、どうしたものか……。

事務室の打ち合わせスペースで秋名と二人向かい合い、お互いの記憶を頼りに夢主の言動を書き出したノートをざっと眺めた時、僕は調査中の違和感の正体に気付いて思わず眉を顰めた。

正面から接触し、夢主は友好的で、あれだけ長い時間会話をしていたにも関わらず、僕たちは夢主自身のことを何一つ聞き出せていない。一つもだ。ノートを見ればそれは一目瞭然だった。夢主は自身について何一つ語っていない。多佳子さんのことを理解することが目的だったのに——これはきっと偶然ではない。

たぶんこれは——

考える時の癖で、拳を眉間にぐりぐりと押し当てていると、

「ねえ、聞いてんの⁉」

正面から大きめの声を出され、僕ははっとした。一人で考え込んでいたせいで、秋名の話を全く聞いていなかった。

「あ、ごめん。もう一回言って」

秋名は思いっきり眉を吊り上げ、左手首につけているベルトの細い腕時計を指先でぺしぺしと叩いてみせた。

「仕事中！」

集中しろ、ということだろう。

「うん。ごめん。で、何？」

「一つ気になるんだけど」

「うん」

その前置きに、もしかして秋名も僕と同じことに気が付いたのかと思ったが、そうではなかった。

「多佳子は何で字が書けなかったのかな？」

「あー……」僕は肩透かしを喰った気分になった。「……それはあまり着目しなくていいと思う」

「なんで？」

「そもそも夢の中で字を読むのは難しいことらしい。昔読んだ科学雑誌にそう書いてあった。読むのが難しいってことはつまり、書くことも難しいんでしょ」

その科学雑誌を読んだのは確か小六の頃だった。自分は夢の中で普通に字が読めるものだから、ずっとそれが当たり前のことだと思っていたので、夢の中で字が読めない人がいるということに衝撃を受けたので記憶に残っている。

「あと、多佳子さんは字が書けない自分に驚いていた……それはつまり、普段は字を書けるっていうことの裏返しで。読み書きが原因で普段の生活に悩んでいるっていう可能性はない。だから字が書けなかったことに着目する必要はないと思う」

彩海ちゃんのように色彩豊かな夢を見ている人もいれば、色彩感覚が鋭くとも白黒の夢を見ている人もいるし、音のない夢なんてのもある。ただ、その辺りのメカニズムはまだあまり明らかにされていないし、考え始めると話が脱線してしまう。

秋名は、

「ふーん。じゃ、書けないのはオッケーなのね？」

念を押すように言い、僕が頷くと、満ち足りた猫のように大きく伸びをして椅子の背に凭れた。

「今回めっちゃ良いペースじゃない？」

「ん……あー」

僕は肯定しかねて曖昧な返事をしたが、秋名は気付かない。

「ぶっちゃけあのオバサンの子だからヤバい子かもなって思ってたけど。フツーに素直な良い子だったわ」

秋名は調査が良いペースで進んでいることが余程うれしいのか、調査時の自分の発言とそれに対する夢主の反応を味わうように繰り返し再現してみせつつ、「良い子だけど、足りないとすれば、明るさかなぁ」とか、「最新の眉毛のメイクを教えてあげよう」とか、「あと、アレだ。次は面接の練習をしよう。田中は面接官役ね」等々、楽し気に計画を立てている。

それらに適当に相槌を打ちつつ、僕はどんどん気が遠くなっていった。

4

「……なるほど。状況はわかった」

打ち合わせスペースで加瀬さんが頷いた。

月曜日の午後。加瀬さんとペアで当たっている別の夢調査の打ち合わせが一段落ついたタイミングで、多佳子さんの調査について相談がしたいと、現状と僕の推測を話した時のことだった。

「要するに田中は、秋名が多佳子さんに上手く乗せられてしまっている、と推測しているんだな」

「はい」

夢の中で多佳子さんはそれとなく、かつ意図的に会話の流れをコントロールして話題の中心を自分から秋名に差し向けるようにしていた──それが、調査中の違和感の正体だろうと思う。そうでもしなければ長時間の対話の中で夢主自身のことを一つも聞き出せないなんて事態にはならないだろう。

時々、いる。

一見、人当たりが良く相手を受け入れているようでいて、その実、心の門を固く閉ざし、他人の侵入を拒んでいる人。まだそうと決めつけるには早いが、僕には多佳子さんがまさにそういうタイプの人間に思われた。

「それで、その推測を秋名に話していない訳だ?」

「どうしてわかるんですか」

加瀬さんは何とも言い難い顔をした。

「一人で相談してきている時点でな」

その返しで加瀬さんが僕の用件を察していることがわかり、ほっとした。言い出しにくかったので助かった。僕は居ずまいを正し、切り出した。

「調査のペアを代えていただけないでしょうか」

秋名が語ると夢主が黙る。

夢主に語らせるためには、まず秋名が黙らなければならない。が、僕に秋名を黙らせることはできないだろうから、今回は秋名に調査から外れてもらうのがいい。そう思っての願い出だった。

　しかし、

「どうして？」

　加瀬さんにほとんど真顔で尋ねられ、僕は意表を突かれた。

「……たぶん、僕が秋名に僕の推測を伝えても、秋名が僕の言うことに聞く耳を持たないからです」

　加瀬さんはすぐに応えない。

　なんだなんだと思っていると、沈黙の後、加瀬さんは一言、

「田中」

　と静かに言った。

「――はい」

　改まって呼びかけられたことで、僕は何となく、ペアを交代してもらえないことがわかってしまった。しかもそれだけではなく、加瀬さんには今、何か一歩踏み込んだ話をしようとしている気配があった。

　案の定、加瀬さんは一拍置いて、真っ直ぐに僕の目を見て言った。

「秋名が田中の言うことに聞く耳を持たないのは、深津多佳子さんの調査に限ったことなんだろうか？」

「そうでは、ない……のですが……」

「じゃあどうして今回だけペアを代えたがる？　前回、前々回はこんなこと言い出さなかっただろう？」

「――今回は特に難しい事案で新人二人では対応が難しいんです」

「具体的に何が難しい？　今回の調査と他の調査の違いは何だ？」

「他の調査との違いは……」

説明しようとして言葉が迷子になった。

今回の調査の一番の難所は深津美知子さんへの対応だろうが、それは花畑係長が引き受けてくれていて、考慮しなくていいと言われている。秋名と僕が集中すべきは多佳子さんへの対応のみだ。

となると。

僕がペアを代えてほしいと思う最大の理由は――今までの調査との大きな違いは――夢主が秋名をわかりやすく拒絶していないことだ。そしてそれは、ペア交代の芽が無いということで、つまり、秋名と共に最後まで調査をやり遂げることを意味している。それが、今回の調査と他の調査との違いだ。

僕の思考を見透かしたように加瀬さんが言う。

「聞くが。田中はどういう案件であれば秋名と上手くやれるんだろうか」

「――ペア交代はどうしてもダメでしょうか」

「ペア交代がダメ、っていうかな、」

言い縋る僕に、加瀬さんは嚙んで含めるように言った。

「そもそも秋名という人間とまともに向き合おうとしたことがあるのかと聞いている。深津美知子さんの時も思ったが、田中は他人に見切りを付けるのが早過ぎやしないか？」

僕は口を開いた。

が、何の言葉も出てこなかった。


……秋名とまともに向き合う⁇


そんなこと考えたことも無かった。

だって出会って三分で即決したのだ。

この人とはまともに関わらないようにしようと。

「もう一回」

加瀬さんの声に、僕ははっとした。

呆気に取られて一瞬、自分が今どこで何をしているのかを見失っていた。

「もう一回、自分でよく考えて、迷ったらまた相談しに来い。ペア交代の相談には乗れないが、多佳子さんや秋名への対応についての相談にはいくらでも乗るから」

加瀬さんは立ち上がり、僕の肩をぽんと叩くと、自席に戻っていった。

残された僕は、しばらくその場で呆然としていた。

5

翌朝、いつものように秋名と二人で事務室の掃除をしている時、

「秋名」

僕は彼女に声を掛けた。

「んー？　何？」

秋名がモップで床を磨く手を止め、こちらを見る。

澄んだ陽射しを受けてホールの床が白っぽく輝いて、そのせいか秋名もいつもより睫毛や頬の陰影がはっきりして、何だか今朝は、夢と現実が入り混じったみたいな奇妙なリアリティがあった。

僕は加瀬さんの姿がまだホールのどこにも見えないことを確認して、言った。

「多佳子さんの調査のことなんだけどさ」

「うん」

「秋名のこと、頼りにしてるから」

「……は？」

聞き違いだと思ったらしく、秋名は目を見開き、それから不審げに眇めた。

僕はできるだけ明るく言った。

「今回の調査の鍵は秋名が握っていると思うんだ。ほら、多佳子さんは秋名のこと好いてるし。僕はこの前上手く話せなかったから」

秋名がまじまじと僕を見つめる。

怪しまれたかと思った時、秋名はモップの上で腕を組み、僕からふいっと顔を逸らした。

「──まぁ、多佳子、私に懐いてるからね」

「うん。お願いね。頼んだよ」

「はいはい」

　おざなりに返事をして、秋名がくるりと踵を返す。そのほんの一瞬、秋名の口元が笑っているのが見えた。

　僕は彼女から目を逸らし、手近な事務机の拭き掃除を再開した。

　長い時間をかけて微かに変色した事務机を乾いた布で意味もなく擦りながら僕は奇妙にしんとした頭の中で思った。

　加瀬さんが何と言おうが、夢調査を成功させるためには秋名がいないほうがいい。秋名を排除するためにはまず、夢主の創り出す秋名にとって心地のいい夢を、そのまやかしの空気を壊すしかない。

　夢を壊そう。壊して秋名に現実を見せよう。

　これまでの傾向から推測するに、夢主に踊らされていることを調査中に突きつければ秋名はきっと、自らを恥じるよりは夢主を拒絶することで自らのプライドを守ろうとする。何故なら秋名は都合の悪い現実を受け入れられない、弱い人間だからだ。

　夢主と秋名の関係がわかりやすく壊れたら、彩海ちゃんや梨本さんの調査の時みたいにペア交換の芽が出るだろう。

ちらっと秋名を見ると、明るい光の中でせっせと床を磨く彼女の律動はいつもより軽快で――思えば僕が手放しに秋名を頼ってみせたのは初めてだった。

その日の午前中、僕は加瀬さんの目の前で秋名を打ち合わせスペースに誘い出し、二人で多佳子さんの調査の計画を立て直した。加瀬さんは僕たちを気にしている様子こそあったけれど、できるだけ二人で解決をさせようとしているのか、調査について自分から触れてくることはしなかった。

そして二度目の調査の夜。

僕は秋名と二人、調査室の電気を消して、多佳子さんの夢の中へと落ちていった
…………。

6

〝おーい、起きろ。目を覚ませ〟

どこか遠くで声がする。懐かしい声が……叔父の声が。

〝おーい、優太。目を覚ませ〟

叔父が僕を呼んでいる。

ああ。ずっと気が付かない振りをしていただけで、本当はずっとずっと叔父に呼ばれ続けていたような気がする。大好きな人。憧れの人——ああいう大人になりたいと、幼い頃に心の底から願った相手。

〝優太。目を覚ましてこっちに来い〟

ダメだよ叔父さん。

僕は叔父に届かないよう、心の中で呟いた。

僕はそっちに行かれない。僕があなたに憧れたのは、あなたが優しい人だったからで。でも、僕は——

〝いいから来いよ〟

声が答えた。

それで僕はふと気が付いた。

叔父じゃない。

叔父の声だと、初めはそう思った。でも、そうじゃない。

これは、叔父の声を使った誰かの声だ。

じゃあ、誰の声だ？

僕はその声の主を探ろうと耳を澄ませた。けれども耳を澄まそうとすればするほど意識は白く靄（もや）がかっていき——


「起きて、田中」

耳元で声がして、僕はふっと目を開けた。

「起きて」

ぼんやりと白っぽく霞む視界の焦点がゆっくりと絞られていく。

どことなく見覚えのある白い闇の中で、目の前にいたのは秋名だった。

現状にのろのろと理解が追いついていく。

——夢だ。これは。

深津多佳子さんの、夢。

そう認識した瞬間、しまった、と思った。

どうしてこの白い空間を忘れていられたのだろう……。

前回の時も、こうだった。

僕は秋名に声を掛けられるまでずっと一人で眠っていて……目を開けたらこの白い空間があって……夢調査でこんなに真っ白な夢は見たことが無い。この空間には何か意味があるのではないかと思う。清潔を極めた白い病室のように。ここがこうで在る意味を、検討する必要があるように思う。それなのに、知らぬ間に意識から抜け落ちていたのは何故だろう……何か重大な過ちを犯しているような気がする。

茫漠とした白い闇を前にぼんやりとしていると、秋名が顔を覗き込んできた。

「田中さぁ、最近なんか変じゃない？　無理してない？」

「大丈夫だよ」

まるで脳みそがまだ半分眠っているみたいに身体に上手く力が入らない。それでも手足に力を込めて、僕は無理矢理立ち上がった。秋名は僕の「大丈夫」にあまり納得

していないようだったけれど、

「頼んだよ」

　と僕が言うと、

「任せといて」

　と前を向いた。

　その視線の先に、夢主がいた。

　真っ白い闇の中で横ざまに細い手足を縮め、身体を丸めるようにして眠るその姿に、何故だろう。僕は夢主がこのまま永遠に目覚めないような予感がした。

　しかし、

「多佳子！」

　秋名が呼びかけると、夢主は、あっさりと顔を上げた。そして秋名と僕を認めるとぱっと顔を綻ばせ、その場にさっと立ち上がって会釈をした。

「――秋名さん……田中さんも……！　こんにちは！」

　秋名が気楽な調子で手を振る。夢主がそれに応えて小走りにやってくる。

「お久しぶりです！」

　秋名と僕の前で夢主が丁寧にお辞儀をすると、秋名は意気揚々と夢主に告げた。

「また就活の相談に乗りに来てあげたよ」

夢主の視線が斜め上にふわりと泳ぐ。何の話であるかぱっと思い出せないようだ。僕たちの顔と名前を覚えているところを見るに、どうやら夢の記憶が残るタイプではあるようだが、全てを覚えている訳ではないらしい。

けれど、夢主が迷っていたのはほんの数秒だった。

ふっと彼女の瞳に理解の光が宿り、瞬間、まるで地面でさっとテーブルクロス引きをされたみたいに重心が足元から攫われた。驚いたりよろけたりする間もなく、僕は前回と同じ面接会場のような殺風景な灰色の部屋で秋名と共に長机を挟んで夢主と対峙していた。

「お二人とも、今日もよろしくお願いします」

就活生と就活アドバイザー。

その設定は彼女の中で消えずに生きていたらしい。いや、もしかすると設定を覚えてはいなくても想像力で秋名の言葉の行間を読み取ったのかもしれない。どちらにしても、豹変した灰色の部屋の中で、夢主は何事もなかったかのように愛想よく微笑み、僕たちに向かって姿勢を正した。

「早く座りなよ」

秋名に促され、僕はのろのろと椅子に座った。

三人とも着座したところで、秋名が口を切った。

「早速だけど、多佳子が就活で一番大事にしたいものって何？」

それは打ち合わせ通りの——最初にこれを聞いてほしいと秋名にお願いしていた
——質問だったから僕はひとまずほっとした。

「大事にしたいものですか？」

夢主が問い返す。

「うん。大事にしたいもの！」

彼女は両手で口元を覆い、考え込んだ。

「……質問が大きいですね」

「そう？」

そこから先は、僕の予想通りの展開で。

「例えばどういうものがありますか？　秋名さん、何か思いつきます？」

「私？　私はね、愛」

「愛！　ド直球ですね！」

インタビューを受けるタレントよろしく秋名が膝を組んだ。

「だって結局は、どれだけたくさんの人に愛されたかっていうのが人間の価値だと思うの。そうじゃない？　愛以上に大切なものってなくない？」

「確かに。普段忘れがちですけど、人生の最終目標というか、出発点というか——」

「そうそう！　だから私はね——」

ピクリとも動かない無機質な部屋の中で秋名が熱く自論を語る。それに対し、前のめりの姿勢で、熱心に合いの手を入れる夢主——予想通りで予定通り……やはり夢主は秋名に話をさせるように会話をコントロールしている……けれどまだ不十分だ。踊らされていることを告げた時に秋名により実感が持てるよう、このままもう少し、二人で会話を積み重ねてもらおう——。

時折、二人の楽し気な笑い声が上がる。

座ったままぼんやりと二人のやり取りを聞き流していると、ある時、ふと、その場が不自然な静まり方をしていることに気が付いた。

「田中？」

名前を呼ばれ、

「へ？」

僕は素っ頓狂な声を出した。

「田中は？」

「えっと」二人の表情から察するに、どうやら何かを尋ねられていたらしい。「ごめん、何だっけ？」

「田中さぁ、やっぱり具合悪いんじゃない？」

「そんなことはないけど」

「そう？　じゃ、話戻すけど。田中が一番大事にしてたことって何？」

秋名が、真っ直ぐに僕を見ている。話を聞こうとしてくれている。

こんなことは初めてだった。

今までとは違う秋名の目を見て、もしかしたら——何故そうなったのかはわからないけれど——今なら秋名と僕はちゃんと話ができる。そう直感した。瞬間、頭の中が真っ白になった。そして、

「……秋名はさ、どうして気が付かないの？」

無意識に言葉が口から零れ出た。

「は？」

「秋名はずっと多佳子さんにコントロールされているよ」

「んんんん？」

「まともに相手にされてないんだよ。一回もまともに質問に答えてもらえてないのわかってる?」

まるで他人が自分の口でしゃべっているみたいに勝手に口が動く。

「? 何言ってんの?」

「何で気付かないかな。多佳子さんは自分のことを話したくないから秋名に気持ち良く自分の話をさせるように仕向けているんだよ。秋名はそれに上手く乗せられてるだけ」

理解しきれないのか、秋名は困惑したように目を眇めた。

一瞬、時が止まったように感じられた。

夢主は固まった秋名と僕を見比べて、

「それは、違います」

沈黙を壊すように小さな声できっぱりと言った。

「ごめんなさい……田中さん、あの、私には、秋名さんをコントロールする、とか……そんな畏れ多いことをするつもりはないんです」

その言葉に、

「ほら。違うって」

強張(こわば)っていた秋名の表情がふっと弛(ゆる)みかけ、

「でも」

という夢主の言葉でまた固まった。

沈黙の中、夢主は秋名と僕の様子を窺いながら、まるで自分の発する音、その振動が空気を乱すことに怯(おび)えるように小さな声で言った。

「でもこれは……あの、念のための確認なのですが、……これは、アドバイザーごっこではないのですか？」

そして秋名を見て、失言したと悟ったらしく息を呑んで凍り付いた。

夢主がそろそろと視線を僕に移ろわせる。僕は、合っていることを示すため、彼女に頷いて見せた。

アドバイザーごっこ。

そこまで痛烈な発言をされるとは思わなかったが、夢主が秋名に調子を合わせてあげていたという点では大きく変わらない。

さっきまでの見せかけの和やかな空気はもう一片も残っていない。何も言わない秋名と凍り付いたままの夢主の、二人の間の異様な空気を前にして僕は何も感じなかった。ただぼんやりと思ったのは、この様子なら秋名は自分から調査を降りてくれそうだから、次の調査からは先輩と組むことができそうだ、ということだった。

夢主と目が合った。すると彼女は、すっと立ち上がった。

「？」

何だろうと思う間もなく夢主はぱたぱたと灰色の壁まで歩いて行き、そして、ドアのノブを捻ろうとして——動きを止めた。どうやらドアが開かないらしい。

「どうしたの？」

呼びかけても返事はない。夢主はこちらに背を向けたままカチャカチャとドアノブを捻り続けている。

「ねぇ。たぶん、多佳子さんは僕らより先には出て行けないよ」

僕が再度呼びかけると、夢主は振り返った。

「どうしてですか？」

「ここでは多佳子さんが主役だからだよ」

普通に考えて、夢主が僕らを夢から追い出すことはできても、僕らが夢主を夢から追い出すことは不可能なはずだ。なんせこれは夢主の夢なのだから。

夢主は理解に苦しむように首を傾げた。

そして僕は気が付いた。

秋名はショック状態らしく動かない。

夢主は今まさに僕の話に耳を傾けてくれている——深津多佳子その人に踏み込むのであれば、今が絶好のチャンスなのではないだろうか。

が、そのことを意識した途端、僕の頭の中はいよいよ真っ白になった。

「？」という具合に夢主が目を瞬く。

様々なことが僕の脳裏を駆け巡った。

ぐらぐらと揺れる梨本さんの赤い部屋と、僕の胸倉を掴む小嶋さん、彩海ちゃんと林田さんの間の穏やかな空気と、彩海ちゃんの母親の涙。それから、小嶋さんの夢。初めての夢調査の後に言われた、加瀬さんの言葉——〝小嶋さんの調査を通して、田中に調査員として身につけてほしいことがあるんだ〟——……混乱する頭の中でその言葉を思い出すと同時に、僕は口走っていた。

「た、かこさん、の……話、が聞きたい」

夢主は応えない。

僕は焦って言葉を重ねた。

「——話。そう、話をしよう。僕は多佳子さんの話が聞きたいんだ」

彼女はそんな僕を見つめ、それから、ふっと柔らかに笑った。

「無理しなくていいんですよ」

「……ムリ？」

夢主はコクリと頷いて、笑みを湛えたまま言った。

「だって田中さん、本当は私と関わりたくないと思っているじゃないですか」

それで僕は自分が夢主を読み違えていたことを知った。

この夢主がしていたのは、話を自分から逸らすことではなくて、相手の——最初は秋名の、そして今は僕の——望みを夢に反映させることだ。

早くこの夢から、夢主の前から去りたいと思っていることが、バレてしまっている。

——それに、どうして今まで気付かなかったんだろう。

今までの調査で、いつも一番大事な場面では、先輩たちが夢主に寄り添い、踏み込んでくれていた。僕じゃない。先輩たちが夢主に寄り添って、解決の決定打を打っていた。大事な場面で僕はいつもただ見ていた。傍観者だった。

どうして僕は秋名さえいなければ調査が上手くいくと思っていたのだろう。

————。

夢主が微笑んだままだから、僕は最初、その異音に気付かなかった。

「上……」

隣で、秋名がぽつりと呟いた。

つられて見上げると、天井がギシギシと不吉に軋み、突如、まるで巨大なプレス機を乱暴に押し下げるみたいに天井が一瞬で押し迫ってきた。

「あ」

皆、死――

ぬ、と思う間もなく、全てがグチャリと潰れて、消えた。

7

数時間後。

「田中ってコーラ飲める？」

自販機の前で加瀬さんが僕に尋ねた。

「あ、はい……」

加瀬さんは小銭の投入口に百円玉と十円玉を数枚入れ、コーラのボタンを押しながら言った。

「俺、普段コーラって飲まないんだけどさ、夏の朝に飲む夢調査明けのコーラって最っ高なんだよ」

そして、ガコン、と取り出し口に落ちてきた缶コーラを「飲めよ」と僕に手渡した。

「ありがとうございます」

「うん」

キンと冷たいアルミ缶を握りしめる僕の横で、加瀬さんが今度はミネラルウォーターのボタンを押す。取り出し口でガコンと響くその音が、始業前のひと気のないホールに大きく響く。天窓から差す朝の瑞々しい光が、つるりとした床で水鏡みたいに反射し、拡散している。

「じゃ、戻ろうか」

整然と並ぶ無人の待合席。

前を歩く加瀬さんのシャツの白さと、足元から伸びる淡い影。

静寂に水紋のように美しく響いては消える靴音を聞きながら、まるで夢の中を歩いているみたいだと、同時にこれはどうしようもなく現実なのだと思う。

加瀬さんと二人で事務室に戻ると、普段よりも早く出勤したらしい小嶋さんが鼻歌交じりにぱたぱたとあちこちにハタキを振るっているところだったが、小嶋さんは僕を見て茶色く澄んだ目を丸くした。

「あれ？　田中君⁉　どうしてここに……昨日の夜は調査だったよね？　……おいおいひどいクマじゃないか！　家に帰っていないのかい⁉」

「はい……帰る前に加瀬さんに相談したいことがありまして」

「ご飯は⁉　ご飯は食べたのかい⁉」

　僕は首を横に振った。

「なんてこった！」

　ハタキを放り投げ、小嶋さんは自席の鞄から茶色い田舎饅頭(いなかまんじゆう)を取り出して僕にしっかりと握らせた。

「食べておくれ！　粒あんだけど大丈夫かい⁉」

「……ありがとうございます。粒あん好きです」

　小嶋さんはぱあっと表情を明るくすると、机の引き出しに手を掛けた。

「それはよかった！　あんこはビタミンたっぷりで疲労回復効果があるからね！　飴ちゃんもいるかい？　いや、あんことコーラで糖分はバッチリか。しょっぱいものもあったほうがいいね！」

　言いながら引き出しの奥から引っ張り出したおせんべいの小袋を握りしめ、「ああ、しまった！　湿気(しけ)ている！」と悲痛な声を出す。

「お饅頭だけで十分ありがたいです。ありがとうございます」

　しかし小嶋さんは止まらない。

「そうだ！　鞄にカリカリ梅が！　梅のクエン酸の力で疲労回復しておくれ!!　加瀬君も是非！　熱中症予防に塩分を！」

　加瀬さんと僕は小嶋さんからカリカリ梅の小袋をもらった後、打ち合わせスペースで向き合った。

「始業前にすみません」

「ん。調査お疲れ。まあ、まずは飲めよ」

　そう言って加瀬さんは水を飲んだ。

「いただきます」

　缶のプルタブを引くと、カシュッ、と軽やかな音と共に缶の口から逃げ出した微かな白い水蒸気があっという間に透明な空気に溶けた。缶の中身を一口飲むと、熱いような冷たいような炭酸の爽やかな刺激が旋毛（つむじ）まで吹き抜けて、身体がシャキッとリセットされた。

「美味しいです」

「調査後のコーラは最高だって、小嶋さんが教えてくれたんだ。……小嶋さん、田中のこと心配してたな」

「はい」

僕はコーラをもう一口飲み、小嶋さんの熱っぽい瞳をちらっと思い浮かべた。

「――小嶋さんはすごいですよね。夢でも現実でも、人間が全然変わらない。いつも真っ直ぐで……裏表がないというか」

「心と言動が限りなく一致している感じがするよな」

「はい。そうなんです」

「しかも基本、人間好きで人への愛情が原動力になっているからなぁ。まあ、恋愛で時々暴走することはあるけど」

「はは……」僕は笑い、それから、迷いつつ、言葉を吐いた。「……僕よりも小嶋さんに深津多佳子さんを担当していただいたほうがいいと思います」

加瀬さんは口元に持っていきかけたペットボトルをテーブルに戻した。

「何があった？」

僕も缶コーラをそっと置き、多佳子さんの二度目の調査での出来事を話した。加瀬さんのアドバイス通りに秋名と上手くやる方向を模索するのではなく、秋名を調査から排除しようと働きかけたという件の時も加瀬さんの表情は変わらなかった。

「──秋名がペアでなければ、調査は上手くいくと思っていました。でも、そうじゃなかった。今回夢主と一対一で向き合う場面があって気が付きました。そもそも僕自身に夢調査に必要な根本的なものが欠けていたんです」

「根本的なものって？」

「……真心、ですかね」

「夢調査に必要なのは、真心、か……」

加瀬さんが呟いた。

僕は頷いた。

そうなのだと思う。

真心。

先輩たちにあって、秋名と僕にないもの。

相手に寄り添い、相手を思いやる心。

「加瀬さんは四月に、僕たちにテクニックありきで夢主を〝処理〟してほしくない、っておっしゃってましたよね。自分たちが相手にするのは人間だからと……」

──聞くこと。

一番初めの小嶋さんの調査に際し、加瀬さんが敢えて伏せていた対人テクニック。

今思えば、多佳子さんと一対一になった時に咄嗟に自分の口から出てきた「多佳子さんの話が聞きたい」は、話を聞くことを目的として出てきた言葉ではない。

あの瞬間、僕は多佳子さんを〝聞く〟というテクニックを使って〝処理〟しようとしたのだ。

「僕はどうしても、芯から人に寄り添えないんです。相手に本気になろうとするところ、拒否感というか、自分の中で、ぐっ、とロックがかかるというか……」

「それは何故だろうか」

「わからないです。けど……たぶん、虚しいのかな……」虚しい。言葉にして気付く。

ああそうだ。僕はたぶん、虚しいのだ。「……この先何をどうしても、僕の夢が、絶対に叶わないことを知っているから……あ、すみません」

自分の考えに没入していることに気付き、僕は謝った。

「田中の夢って？」

「え？」

「今言ってたぞ。夢が叶わないって」

「……夢なんてないです」

「現在進行形の言い方だった」

「……」

「虚しさの根底には強烈な願望がある」

加瀬さんが断言する。

「もしも田中が虚しいのなら、お前の夢は、お前の中でずっと眠り続けているんだろう。……厳しいことを言うけどな、絶対に叶わないとわかっている夢ならば、現実を受け入れて、自分の手で壊してやらないといけないぞ。

夢を壊せ。——そうしないと、いつかは夢に殺されてしまうから」

言い終えると、加瀬さんは席を立った。

「でも」

僕は咄嗟に言い縋った。

「でも加瀬さん、夢が壊れたら、僕はどうやって生きていけばいいんですか」

加瀬さんは立ち止まり、ちょっと微笑んで言った。

「それは俺は知らないよ」

帰り道。

通勤通学ラッシュの過ぎたしんと静かな道を歩く。

民家のガラスに映える空。

塀の烏の濡羽色。

縦横無尽な街の影。

——どんな時でも、夢調査開けの朝の街ははっとするほど美しい。

美しい景色の中を歩いていると、

〝夢を壊せ〟

頭の中で加瀬さんの声が響いた。

アパートに着き、靴と鞄を放り出し、一直線に押入れに向かい、押入れの戸を引き、勢いよく中身を掻き出し、そして、——押入れの一番奥にそれを見つけた。春に祖母から送られてきて、ずっと開けることも捨てることもできなかった段ボール箱。

頭の奥がジンジンする。

叔父の脚本の入ったそれを開け、その場で僕は脚本を読み始めた。

8

——紙とインクの匂いがする。

懐かしい匂いに誘われて、僕はふっと目を覚ました。

六畳間の壁のほとんど全てが本で埋め尽くされた叔父の部屋。

叔父が、明るい窓際でパソコンに向かっている。そのすぐ近くのソファにごろりと寝転んで、半透明の幼い自分の影が〝銀河鉄道の夜〟を読んでいる。

カーテンが風に揺れて、さらりとした一筋の光が音もなく部屋を過った。

僕は床からゆっくりと身体を起こした。

そして、ああ、二人ともここにいたのか。

そう思った。

それから、何故自分は今ここにいるのだろう。

そうも思った。

細い糸を手繰るように、記憶を探っていく……。

多佳子さんの二度目の調査の後に加瀬さんに話を聞いてもらって、それから一旦家に帰って、それから生前の叔父の脚本を読んで——。

ああ、そうだ。現実の僕は今、自分の部屋で眠っているはずだ。

だからこれは、僕の夢。

いや、記憶だろうか。

どことなく既視感がある。

叔父と自分の影に気付かれないうちにと思い、僕は二人に背を向けて、部屋から出て行こうとドアノブに手を掛けた。が、

——ドアが開かない。

グレーの薄手のカーディガンを羽織った叔父の背中を、この上なく優しい物語を紡ぐその人の背中を見つめていると、ふと、彼が振り返った。

『優太』

叔父は、きらきらした目を僕ではなく、ソファで寝転ぶ僕の影に向けて言った。

『こっちに来て、見てくれ。俺すごいこと見つけた』

『なになに？』

ソファから素早く横転して床に着地した僕の影が、僕には目もくれずに叔父に駆け寄った。叔父が自分の椅子を僕の影に明け渡し、そのすぐ隣にかがみ、

『好きな国の言葉を選んで翻訳ボタンを押してみろ？』

指し示したのは、インターネットの翻訳サイトだった。

『何語でもいいの？』

『ああ。英語でも中国語でも何でもいい』

そのサイトは日本語↓英語、日本語↓中国語、等々、単語や文章を指定した国の言語に訳せる仕様で、叔父は日本語の【心　心臓】という言葉を僕の影に別の国の言語に訳させようとしていた。

僕の影はまず最初に英語を選んだ。

【心　心臓　↓　heart heart】

次にギリシャ語を選び、【心　心臓　↓　καρδιά καρδιά】何となく目に付いたであろうスロベニア語を選び、【心　心臓　↓　srce srce】それからジャワ語を選んだ【心　心臓　↓　ati ati】……チェコ語【心　心臓　↓　srdce srdce】、グラアニー語【心　心臓　↓　korasõ korasõ】……そして僕の影は気が付いた。

『これって……何語を選んでも〝心〟と〝心臓〟って同じ単語が出てくる？』

『そうだよ。もしかしてと思って全部試した』

すごい、ホントだ、と感嘆して、僕の影は次々に言語を選んだ。

『本当だ！　サンスクリット語も、ロシア語も……あれ、韓国は違う』

『唯一韓国だけグーグル翻訳では別の単語が出てくるけど、別の辞書で調べると韓国も同じ単語が出てくるぞ』

『すごいね』

『きっと人を動かしているものは、人の行動の根本にあるものは、心なんだろうな』

　叔父がしみじみと言う。

『言葉は思想と生活の中から生まれてくるものだから。そして、人に使われ続けることで初めて時の洗礼に耐え得るものだから。国も文化も違う人たちが、会ったこともない世界中の人たちが、本能的に同じことを感じながら生きている気がするんだよな。一見バラバラの条件の中から、美しい数式が導き出されるみたいに』

　カーテンが揺れ、光が満ちる。

『人の心を大切に生きられたらいいな』

　僕の影が座る椅子の背に手を添えて、叔父が言う。

『人の心を大切にできる、俺はそういう人間になりたい』

　叔父の言葉に、僕の影は感じ入ったように厳かに頷いた。

　――彼の中で起こっていることが、今の僕には手に取るようにわかる。

　叔父の言葉を栄養に、叔父の思想を栄養に、僕の中で夢は育って……

　いつしか叔父の夢が、僕の夢になっていたんだ。

　僕は二人に近づいていって、幼い自分に向かって手を伸ばした。小さなその肩に指先が触れると、自分の影は、ぱっと消えた。

叔父が静かに僕を見た。

僕は叔父の目を真っ直ぐに見て、言った。

「あなたは、もうすぐ死にます」

すると叔父は微笑んだ。

僕はもう一度言った。

「あなたは心臓を刺されて死ぬんです。心の捻じ曲がったクズに刺されて」

言いながら、声が震えた。

十年前の春。

叔父が東京の会社に入社して、いよいよ明日から本格的な社会人としての生活が始まるという研修の最終日。ある駅でナイフを凶器にした無差別殺傷事件があり、会社の研修から帰る途中で偶然その場に居合わせた叔父は、その状況を放っておけなかったのだろう。襲撃された女性と加害者の間に割って入って、心臓を刺されて亡くなったのだった。

君の話が聞きたい、という言葉を残して。

「人のことをクズだなんて言うもんじゃないよ」

叔父は優雅に立ち上がり、

「〝世界がぜんたい幸福にならないうちは個人の幸福はあり得ない〟」

歌うように諳んじて、それから僕をぴたりと見つめた。

「〝皆が幸せになりますように〟……それが優太の夢だったよな。五年生の時にそう言ってたよな。皆が幸せになるためには、互いが互いを大切に想う優しさが必要だ。だから僕は一人一人の心に寄り添える、人の気持ちがわかる優しい人になりたい――夢を父親に否定されてお前はここで泣いていたじゃないか」

次第に声が濁っていき、叔父の白いシャツの胸元から赤い血が滲み出す。

「皆が幸せになればいいって、お前はそう言ってたよな？　自分の夢に都合の悪い人間はお前の〝皆〟には含まれないのか？」

鮮血はじわじわと叔父のシャツを濡らし、黒いズボンを、椅子を伝って床にポタポタと滴った。

「なぁ？　お前の夢は――」

「ごめんね叔父さん」

言い募る叔父の言葉を僕は途中で遮った。

本当の本当は、僕もあなたみたいに、皆の幸せを願える優しい人間で在れたらいいのにと思う。でも僕はそうじゃない。そうは在れない。

何故ならば。

「僕は叔父さんみたいに強くない。——僕は弱い人間なんです」

瞬間、まるでナイフを引き抜いたように、叔父の胸からドッと血が溢れ出した。

その勢いは凄まじく、僕の頬に血飛沫が飛び散った。叔父はそれでもまだ微笑んでいる。一瞬、僕は叔父の傷口を押さえて止血したい衝動に駆られた。けれど、すぐに思い直した。この人はきっと、このままにしたほうがいいのだと。

途端に僕の中の叔父が、僕が叔父だと思っていたものが、その身体の端から無数の細かい塵となって霧散し始めた。そしてまるでそれが合図だったかのようにバリバリという凄まじい音と共に足元が大きく揺らぎ、壁一面の本棚がバタバタと倒れ、その衝撃で折れた床板が跳ね上がり、本が千切れながら飛び散った。

壊れていく夢の中で僕は、本棚だったはずの場所に、見知らぬドアができていることに気が付いた。ノブに手を掛けると、それはカチャリと軽やかな音を立てた。

僕はドアノブを捻り、消えていく叔父の幻影を最後に振り返った。

「ありがとう。さようなら」

そして新しいドアを開け、僕は夢から出て行った。

＊

その日の午後。

「話を整理すると……」

昼下がりの打ち合わせスペースで、秋名がピンと人差し指を立てて言った。

「多佳子は人の気持ちを感じ取る力が強い」

「うん」

「それから」秋名が二本目の指を立てた。「多佳子はウチらの気持ちを感じ取って、ウチらの望みに合わせて自分の夢を変えてしまう。……田中が言いたいのはそういうことでオッケー？」

「うん。そういうことだと思う」

だからきっと多佳子さんは、アドバイスをしたがる秋名に対してはアドバイスの良き受け手を演じ、調査の終わりを望んだ僕に対しては自らがいなくなることを選んだのだろう。

「マジかー」

秋名が眉間に皺を寄せ、困ったように側頭部をくしゃくしゃに揉んだ。

「それさぁ、一番難しいやつじゃん！　何て言うんだっけ、相手の態度は自分の態度だよ、的なコトバ？」

「〝人は鏡〟？」

パチンと秋名が手を叩いて僕を指さす。

「そう、それ！　多佳子の調査って〝人は鏡〟の究極形じゃん。ある意味自分との闘い、みたいな。えー、じゃあ、どうしたら多佳子の本当の気持ちがわかるんだろ……」

秋名は調査を降りるだろうと思っていたけれど、僕の予想とは裏腹に、何故か調査を降りなかった。僕自身も担当替えを願い出ることはしなかった。

窓の外はまだまだ明るい。

青い空には入道雲が雪のように白く際立って浮かび、風が颯々と空気を掻き回し、葉擦れが、虫の声が、鳥の囀りが豊かにさざめき合う。ガラスを透して微かに耳に届く豊饒な夏の音を聴きながら、ああでもないこうでもないと考え込む秋名と向き合っていると、不意に、脈絡なく散らかっていたものたちが在るべきところに収斂されていくように、僕の中で答えが浮かび上がってきた。

「そのままでいいんだと思う」

僕が呟くと、秋名が不思議そうに目を瞬いた。

僕は秋名の目を見て、もう一度言った。

「秋名はそのままでいてくれればいい」

9

三度目に夢に入った時、多佳子さんは白い闇の真ん中にペタンと座り込んで、ぼんやりと宙を眺めていた。

僕と秋名の存在にふっと気が付くと、彼女は独り言のように呟いた。

「もう来ないと思ってた」

「――どうしてそう思ったの？」

三人で三角形を作るように秋名と共に腰を下ろしながら尋ねる。

多佳子さんは肩を竦めるようにして曖昧に微笑んだ。

「たぶんそれはお二人が……」

言いかけて、動きが止まる。

そして、俄かに、多佳子さんの瞳にふわっと涙が漲った。

「どした？」

すかさず秋名が多佳子さんの傍に寄ってその背をさする。

すると、まるで言葉の代わりのように涙が音もなく多佳子さんの頬を伝った。瞬間、彼女は顔を伏せ、涙を押し止めるように両手をきつく目元に押し当てた。

「どうしたの？」

秋名の言葉に、多佳子さんが首を振る。

多佳子さんは混乱しているように見えた。

「ゆっくりでいいから。多佳子の思っていることを聞かせて？」

夢主に寄り添う秋名を見て、僕はぼんやりと、これでいいのだと思った。

多佳子さんは、人の気持ちを感じ取る力が強い。だからこそきっと、秋名の気持ちに応えようとしてくれる。多佳子さん自身の気持ちを聞きたがっている、秋名の気持ちに。

多佳子さんはしばらく顔を両手で覆っていた。

僕には多佳子さんの中で秋名に応えようとする力と、自分を抑えようとする力、相反する二つの力が激しく鬩ぎ合っているように見えた。

しばらく経って、

「ごめんなさい」

彼女は両手の隙間から絞り出すように言った。

「――私は何もない人間なんです。本当に何も持ってない……だから、私について聞かれても困ります。話せることが何もない」

言葉を探すように一息置いてから、多佳子さんは言った。

「私は、空っぽな人間だから」

「そんなことはあり得ない」

ふっと多佳子さんが顔を上げて僕を見た。

それで僕は無意識に自分が発言していたことに気が付いた。自分でも驚いた。でも、本当のことだ。空っぽな人間なんてあり得ない。

「多佳子さんはどんな時が心地いい？　毎日、どんな気持ちで眠って、どんな風に目覚めたい？」

多佳子さんが濡れた目を手で拭い、黙って僕を見る。

「たぶん、そういうことでいいんだと思う」

難しいことは何もない。

水が川を流れるように、風が木の葉を揺らすように、肩の力はすとんと抜けて、何の気負いもなく、自然と言葉が溢れ出てきた。

「多佳子さんがどんな人間かっていうのは、何ができるとか、何を持っているとか、そういうことではなくて、多佳子さんらしさっていうのは、毎日の生活の中にあるんだよ。見たものや、聞いたものや、触れたものを、どういう風に感じるかが多佳子さんそのものだから。多佳子さんみたいに物事を感じられる人は、多佳子さんしかいない。だから、そんな風に自分を見限らないで、もっと自分の感覚や気持ちに向き合ってみてほしい」

「……」

多佳子さんが一つ瞬きをして、膝の上に顔を伏せた。

そのままじっと動かない。

秋名と目が合う。

僕はそっと人差し指を口元に当てた。

僕たちは待った。

やがて、秋名がそうっと僕の肩を叩いて上方を指さした。つられて見ると、白い空間に僅かに罅のようなものが入り、そこだけ淡く外界の光が透け、稲妻のような模様となって微かに浮かび上がっている。そしてちょうどその一端がほろりと崩れ、破片は落下しながらきらきらと蒸発していき、その向こう側から瑞々しい空が現れた。そこからさらりと優しい一条の光がすーっと遠くまで走り渡る。

そして、温められて血が巡り出すように、白い世界が仄(ほの)かに脈打ち始めた。

10

多佳子さんの調査は全部で四回行った。

といっても四度目の調査は遠くから様子を見ただけで、全く接触をしていない。

多佳子さんの夢の世界は相変わらず白くて、でも、まるで雛(ひな)が内側から卵の殻を穿(うが)つように、少しずつ少しずつ、穴が空き、外側の世界が見え始めていた。

「田中、呆けた顔してどうしたの？」

多佳子さんの調査報告書を印刷し、美知子さんに送付すべく封入した時のことだった。僕の机の向かい側、正面に据えられたパソコン端末の脇からひょっこりと顔を覗かせた秋名が言った。

「多佳子のこと？」

「それもあるんだけど……」

三度目の調査の最後、多佳子さんに改めて就活状況について尋ねた時、彼女は、就活のことを考えようとすると頭の中が真っ白になって上手く物事が考えられないのだと話していた。ただ、周囲が次々とインターンシップへの参加を始めたことに焦り、自分も何かしなければと近隣でインターンシップ生を受け入れている企業を探しているのだが、自分が何に向いているのかわからず、またやりたいこともないため志望企業の方向性が全く絞れないのだという。

恐らく美知子さんは、多佳子さんがインターンシップ先を探している様子を見て、大学まで行かせた娘が〝訳のわからない企業〟に就職しようとしていると思い込み、夢調査申請をしてきたのだろう。

秋名が言う。

「ミチコさんの反応が心配？」

僕はほとんど無意識に弄んでいた茶封筒を机に置いて秋名を見た。

「そうかもしれない」

複数項目の五段階評価を経て調査結果の一番下、総括には【深津多佳子様は現在、自らと向き合いながら変化の途にあると思われます。夢の中の風景も変わってきています。ご本人様の変化をどうか温かくお見守りください】と記した。

本人に無許可で夢に入っている以上、個人情報保護の観点から調査結果には夢に出てきた風景や人物、夢主の行動等、具体的なことを書くことはできない。そういった制約の中で総括の文章はどうしても抽象的になりがちだ。だからこそ申請者にとっては、調査報告書の記載内容というよりは、実生活で対象者に目に見える変化があって初めて調査結果に実感が伴う。

「きっと、美知子さんは納得しない」

僕が言うと、

「まぁ、ミッチーは納得しないんだろうけどさ」

秋名がちょっとお道化てみせた。

「これ以上どうしようもなくね？　ウチらはベストを尽くした。それでいいじゃん」

「うん。そうだね」

僕たちはベストを尽くせたのだと思う。

当面、多佳子さんに目に見える変化はないのかもしれない。でも、秋名の言うとおり、これ以上は手を加えないほうがいい。多佳子さんは自分と向き合い始めたのだから。自分を理解すれば大切にしたいものがわかるし、大切にしたいものがわかれば、それを大切にするためにはどの方向に向かうべきか、その方向性がわかる。方向性がわかれば、その方向に進むために必要なことがわかり、必要なことがわかれば今自分がやるべきこともわかるだろう。

不意に、

「あの、秋名さん」

カウンターで小さな呼び声がした。見れば、何日か前に秋名が申請を受けた女性がおどおどと遠慮がちにこちらの様子を窺っている。

軽やかに席を立った秋名が、

「おはよーございまーす！　今日はどーされました？」

大きな返事をしてカウンターに出て行く。

その様子を見ていたのだろう、僕の斜め前の席で作業をしていた加瀬さんが声を掛けてきた。

「田中、そろそろ洗濯機止まったんじゃないか？」

時刻は午前九時二十分。

この日の降水確率は零パーセント。よく晴れた見事な洗濯日和で、僕と秋名は朝一番に調査室のありったけの布団カバーやシーツ、枕カバーを洗濯機に投入していた。

「俺が一緒に行くよ」

「ありがとうございます。お願いします」

備品整備は僕と秋名の担当だが、秋名を待っていると洗い終わりから時間が経ってしまいそうだった。僕は金庫から調査室の鍵を取り出し、加瀬さんと連れ立って地下へと向かった。

　守衛室で台車一台と調査準備室の鍵を借りた後、調査準備室で洗濯物を大きな籠に
移す。加瀬さんと二人、敷布団をバケツリレーの要領で調査室の押入れから調査室の
入口へ、調査室の入口から調査準備室へと運び出している時、加瀬さんが言った。

「何か気になることがあるって顔だな」

「秋名はどうして変わったのでしょう」

「そう見えるか？」

「はい」

　多佳子さんのこれからと、それに対する美知子さんの反応は気掛かりで、でもそれ
と同じくらい、いやひょっとするとそれ以上に、僕は秋名の変化が気になっていた。

　多佳子さんの調査以来、秋名は以前と比べて人当たりが柔らかくなったというか、

相手に寄り添おうとする意思のようなものが伝わってくるようになった。

「だとしたら、田中が変わったんだろう」

僕は狐につままれたような気分で立ち止まった。

すると、加瀬さんが種明かしをするように言った。

「夢調査の前後では感覚の着脱がある。一度自分の身体を脱ぎ捨てて、他人の夢に入って、また自分の身体に戻ってくる。そうすることで自分が自分であることを鮮明に感じる……。俺はさ、大袈裟に言えば夢調査後の夢主の感覚が抜けきった時の感覚は、一回死んでまた自分に生まれ直った感覚に近いんじゃないかと思っている。自分が死に、他人を体験して、また自分の身体に帰ってくる。……——これは〝自分〟というものを、ひいては、自分が自分であることが一体どういうことなのかを再認識する鮮烈な体験だ。一時的に自分の身体や、自分の身体を通して感知する世界への感度が上がる……その結果として、夢調査明けは調査員の素が出やすくなる。その強弱や持続時間には個人差があるけどな。そういうことを調査員は何度も繰り返すんだ。夢調査に一番影響を受けるのは夢主ではなくて、実は日常的に調査を行う調査員のほうなんじゃないかと俺は思うよ」

そして加瀬さんは、ふっと笑って、立ち尽くす僕の腕から布団を引き取り、調査準備室の入口に積み上げた。それから加瀬さんは振り返り、動きを止めたままの僕を見てまた少し笑った。

「ほら、動け。シーツが乾いちまうぞ」

促され、僕は動き出した。

それからしばらく僕と加瀬さんは無言で働いた。

全ての寝具を調査準備室の外に搬出し終え、

「おっし。階段行くぞ」

気合を入れるように加瀬さんが言う。

「はい。お願いします」

僕は返事をして調査室と調査準備室の鍵を締め、加瀬さんと共に階段を上がったり、下がったりを繰り返しながら寝具をエレベーターが通っている地下一階の台車まで運び上げた。洗濯籠と寝具一式を載せた台車を傍らに、▲ボタンを押しエレベーターの到着を待つ。

扉の上方で、エレベーターの位置を示す丸い光が十階から九階、九階から八階、八階から七階へと、閊(つか)えながら移り変わっていく。どうやら混んでいるらしい。

若返っていく数字を端目に、僕は加瀬さんに言った。

「夢調査をしていると思うことがあります」

「――どんなことを？」

「……同じ世界に生きているようでも、人には必ずその人独自の世界があって、僕たちは全く同じ世界を生きてはいない。だからこそ、向いている生き方が一人一人違っていて。きっと、一人一人が自分という人間をよく知って、その本来を発揮することが、本人にとっても全体にとっても幸せなことなんでしょうね」

「うん、そうだな。俺もそう思うよ」

「でもそれは理想論だとも思います」

チン、と音がしてエレベーターが口を開けた。

中には誰もいない。

「どうして？」

加瀬さんが台車を押しエレベーターに足を踏み入れながら尋ねた。僕も洗濯籠片手に後に続き、【閉】と、最上階のボタンを押した。

「たぶん、自分を知るというのはとても孤独な作業で、皆が皆、それに耐え得るほど強くはないのかなと」

「そうか。田中は人の弱さを受け入れられるようになったんだな」

「はい、と全肯定すると嘘になりますが……前よりは少し」

扉が閉まり、地上へ、上階へと、静かに上昇が始まる。

積み上がっていく数字を眺めながら、加瀬さんが感慨深げに言った。

「――この仕事をしていると、結局周りが何をしたって人はどうにもならないんだなって思うよ。本人が変わりたいと思わない限りは。まあ、逆に言えば、本人が変わろうと決めればその瞬間から、色んなことがどうにでもなるんだけどな」

そして、ぽん、と背中を叩かれた。

「俺らは俺らのベストを尽くそうぜ。俺らにできるのはそれくらいのもんだ」

途中の階から人が乗ってきて、そこから僕たちは無言だった。僕と加瀬さんは可能な限り隅に寄ってできるだけ多くの人が乗れるようスペースを空けた。途中何度も人々が乗っては降りてを繰り返し、エレベーターは時間をかけて最上階へと辿り着いた。ちょうど会議か何かが終わったタイミングだったのだろうか。エレベーターの扉が開くと、がやがやとした騒めきと、大勢の人が待っていた。白いスーツを着た鶴のように上品な高齢女性、湧き出す活力をスーツにぎゅうぎゅうに押し込めたようなスポーツマン風の男性、革の鞄から短く飛び出した糸を親指で弄ぶ若い男性、皺の寄った茶封筒を腕に抱く真っ赤なキャップを被ったおじいさん……先頭に立つ、唇をきりっと引き結んだ鼻の秀でた中年男性と目が合った。小さく会釈して急いでエレベーターを降りる。

廊下には人が、様々な会話が飛び交っていて、地下室のあの静けさから比べると目まぐるしいような、一気に現実に帰ってきたような、そんな心地がした。

荷物が人々の邪魔にならないよう廊下の端を選んで歩き、屋上へと続く扉を開く。

一面の眩しい光と青空に、瞳孔がぎゅっと反射的に縮む。

遅れて、涼しい風がゆるりと僕の額を撫でた。

遠くの空では飛行機雲が綺麗に長く伸びている。

白っぽいコンクリートの打たれた屋上の、ちょうど真ん中の辺りには鉄棒のようなものがいくつか生えていて、それが夢調査道具の干場だ。

「よしっ！　パッパとやるぞ！」

一声掛けて、加瀬さんがてきぱきと動き出す。

僕もシーツをパンと張って、どんどん干場に吊るしていった。

作業が終わると同時に背後でドアが開いて、秋名が顔を覗かせた。

「加瀬さんありがとうございますぅ。窓口対応今終わりました」

強い陽射しに目を細め、茶色い髪をふわふわと風に靡かせながら秋名が小走りに近づいてくる。

「おう。お疲れ」

「あ、もう終わっちゃった感じですか？」

「たった今な。事務室はどんな感じ？　混んでた？」

「落ち着いていました」

「それじゃ、ちょうどいいな。ちょっと見ていくか」

加瀬さんが親指で屋上の端を指し示しながら歩き出す。

「いいですねー」

秋名はそう言って弾むような足取りで加瀬さんと連れ立って歩き出した。

二人がフェンスに手を掛け、

「ここは何度来てもいいな」

加瀬さんが街を見渡し、愛しそうに目を細めた。

その目つきで、ああこの人は本当にこの街が好きなんだなと思った。すっと背筋を伸ばして街を見つめるその姿からは、この街で働いているんだ、という自分の仕事に対する責任というか誇りというか、静かで実直な使命感のようなものが伝わってくる。

「ヤバ！」

街を見下ろした秋名は驚嘆の声を上げ、

「ねぇ田中、ヤバくね……て！　なんでそんなとこにいるの？　早くこっち来なよ」

僕を手招いた。

僕はぎこちなく歩を進めた。

たぶん眼下に広がるものは、加瀬さんにとっては愛すべき、そして守るべき街であり、秋名にとっては心に潤いを与えてくれる美しい景色なのだろう。

——僕にとってはどうだろう。

明るい陽射しに晒されて、何だか青空が無性に眩しくて、どういう態度で、どういう感想を持って街を眺めればいいのかよくわからないまま、僕は秋名の隣に立ち、そっとフェンスに手を掛けた。

まず目に飛び込んできたのは、色とりどりの民家や店舗、背の高いビルや背の低い建物、団地のベランダではたはたと揺れる洗濯物だった。小さな無数の人影が歩道を歩き、おもちゃサイズの車がフロントガラスをきらきらと川面(かわも)のように光らせながら車道の上を流れていく。

たくさんの人が同じ地面の上で、同じ空気を吸って、そして、それぞれに、別々の暮らしをしている。とても当たり前のことなのかもしれない。けれど、その事実が今更ながら実感をもって胸に迫ってきて、うっかりすると泣きそうになった。

「ヤバくね？」

秋名が言う。

「ヤバいね」

僕は頷いて、そしてもう一度街を見た。

僕が昔夢を見ていたように、皆が幸せになることはきっとないのだろう。それはわかる。この先、誰かを嫌いになったり、疎ましく思うこともあるだろう。それでも、その上で、どうかできるだけ皆が幸せでありますようにと思う。そのために僕は自分にできることをしよう、と。

「そろそろ戻るか」

加瀬さんが言う。

そして僕らは仕事に戻っていった。

あとがき

〝世界がぜんたい幸福にならないうちは個人の幸福はあり得ない〟

宮沢賢治先生のこの言葉はこれまで多くの方々に引用されていて、そのためか、初めて触れたのがいつなのかを覚えていません。気が付いたら風や雲のように自然と心の中にありました。本作の執筆期間中だけでも、ある美術館とある戦没学生の手記でお見かけしました。

本当にたくさんの人の心に響く言葉なのだと思います。

お言葉を引用させていただくにあたり、先生の故郷である花巻(はなまき)に伺いました。

本作は花巻で書き上げました。

謝辞です。

夢の取材に協力してくれた友人、小嶋さんのモデルを紹介してくれた友人のオジマさん、夢調査結果報告方法の相談に乗ってくださった華苗(かなえ)さん、オタクについてご指導ご鞭撻を賜りました紳士岩沢(いわさわ)様、すごくすごいイラストを描いてくださったふすい様（今日初めて完成版を見て嬉しさで語彙力ゼロになってますごめんなさい）、いつ眠っているのかよくわからない担当編集S様、この作品に関わってくださった全ての方々、そして何より読者の方に、厚く御礼申し上げます。

最後になりますが、心よりあなたの幸福を願っています。

令和六年八月　バスタオル枕派　葦舟(あしふね)ナツ

<初出>

本書は書き下ろしです。

この物語はフィクションです。実在の人物・団体等とは一切関係ありません。

◇◇メディアワークス文庫

誰も幸せにできない僕らは夢を見る

葦舟ナツ

2024年9月25日　初版発行

発行者　山下直久
発行　株式会社KADOKAWA
〒102-8177　東京都千代田区富士見2-13-3
0570-002-301（ナビダイヤル）
装丁者　渡辺宏一（有限会社ニイナナニイゴオ）
印刷　株式会社暁印刷
製本　株式会社暁印刷

ISBN978-4-04-914093-4 C0193

メディアワークス文庫　https://mwbunko.com/

本書に対するご意見、ご感想をお寄せください。
あて先
〒102-8177　東京都千代田区富士見2-13-3
メディアワークス文庫編集部
「葦舟ナツ先生」係

◇◇◇

消えてください

葦舟ナツ

孤独な少年と、幽霊の少女——
二人は恋に落ちるごと、別れに一歩近づく。

『私を消してくれませんか』

ある雨の日、僕は橋の上で幽霊に出会った。サキと名乗る美しい彼女は、自分の名前以外何も覚えていないらしい。

・一日一時間。
・『またね』は言わない。

二つのルールを決めた僕らは、サキを消すために日々を共に過ごしていく。父しかいない静かな家、くだらない学校、大人びていく幼馴染。全てが息苦しかった高一の夏、幽霊の隣だけが僕の居場所になっていって……。

ねえ、サキ。僕は君に恋するごとに“さよなら”の意味を知ったよ。

西由比ヶ浜駅の神様

村瀬 健

過去は変えられないが、未来は変えられる——。

鎌倉に春一番が吹いた日、一台の快速電車が脱線し、多くの死傷者が出てしまう。

事故から二ヶ月ほど経った頃、嘆き悲しむ遺族たちは、ある噂を耳にする。事故現場の最寄り駅である西由比ヶ浜駅に女性の幽霊がいて、彼女に頼むと、過去に戻って事故当日の電車に乗ることができるという。遺族の誰もが会いにいった。婚約者を亡くした女性が、父親を亡くした青年が、片思いの女性を亡くした少年が……。

愛する人に再会した彼らがとる行動とは——。